终于

At Last *Edward St Aubyn*

［英］爱德华·圣奥宾 著

冯洁音 译

上海译文出版社

献给　波

第一章

“看见我吃了一惊？”尼古拉斯·普拉特说。他把手杖放在火葬场的地毯上，双眼盯着帕特里克，眼神略带没来由的蔑视。这是他一个早就不再管用的习惯，但是已经来不及改了。“我现在简直成了一个到处赶追悼会的人，在我这把年纪免不了这样。没必要坐在家里胡乱嘲笑那些写讣告的小年轻们无知的错误，或者干脆只知道计算每天死了多少同龄人，从中找点单调的乐趣。不！人们应该懂得‘赞美生命’：看那，看那个老刻薄鬼同学走了，他们说他活得很带劲，但我知道不是那么回事！——这一类事情。要全面地看待一个人的成就。嗯，我的意思不是说这些都不怎么叫人感动，最后这些日子有种交响乐团的轰动效果，当然还有很多令人恐惧的事情。每天奔波着从医院的病床到追悼会上的席位，就这样来来回回，叫我想起那些每隔一星期就会撞上岩石的油船，还有沙滩上成群垂死的鸟儿，翅膀并拢，眨巴着黄色无神的眼睛。”

尼古拉斯朝屋内扫了一眼。“没多少人，”他嘀咕了一声，似乎是在准备描绘别人，“那些人是你母亲一起信教的朋友吗？太出格了。你会怎么形容那件西服的颜色？奶油茄子色？我也要去亨茨曼[1]做一件这样的。什么意思？你没有紫色的？在埃莉诺·梅尔罗斯家那次，每个人都穿着一件。马上去定做一大堆！

“我猜你姨妈马上就要到了，她那张脸在那些紫茄子中看上去就会太熟悉了。我上周在纽约见过她，很高兴告诉你，是我第一个告诉她你母亲不幸的消息。她哭了起来，要了一份男士三明治来吞下她第二顿减肥药丸。我有点同情她，让布朗德家邀请她去吃晚餐。你认识弗雷迪·布朗德吗？他是当下排在末位的亿万富翁。他父母基本上是侏儒，像拇指汤姆将军和太太那样。过去他俩走进屋子时总是非常招摇，然后消失在一张靠墙的小桌子下面。芭比·布朗德有点一本正经，一些上了年纪、糊里糊涂的人会这样。她竟然打算写一本有关立体主义的书，放着那么多可笑的题目不去写。我觉得都怪她想要做个完美无缺的太太。她知道过去每逢她过生日，弗雷迪会紧张成什么样子，但是幸亏她如今有了这个新的嗜好，他只需要让苏富

1 Huntsman，英国老牌裁缝店之一。

比给他打包一幅那个超级冒牌货毕加索叫人恶心的画就行了，一个女人长了张一片西瓜那样的脸什么的，他知道她会乐得不行。你知道芭比对我说什么吗？想想吧，在我吃早餐，几乎没有防备的时候。”尼古拉斯换了付假嗓子：

“‘布拉克晚期那些神圣的鸟儿其实只不过是天空的拙劣代替品。’

“‘真是个好代替品，’我说，被第一口咖啡给呛住了，‘比一台割草机或者两块木柴要好得多，表明他完全知道如何控制自己的素材。’

“说真的，你看，我会用尽最后一点智力来抵抗这种命运，除非阿尔茨海默博士先生来换了班，那样的话我就要写一本书谈谈伊斯兰艺术，说明为何戴头巾的人一直比我们要文明得多，或者厚厚一本书谈谈我们多么不了解莎士比亚的母亲，不知道她居然是天主教徒这样天大的秘密。反正是这一类严肃的内容。

“总之，我怕南希姨妈对布朗德夫妇很厌烦，要做到绝对地喜欢与人交往同时又完全地不要朋友，肯定很不容易。可怜的东西。但是你知道让我最吃惊的是——除了南希那活生生的自我怜悯，她还好意思装着那是痛苦——让我最吃惊的是这两个女人，你的母亲和你的姨妈，她们现在，过去，——看看我这辈子都花在时态上颠来倒去——都是道地的美国人。她们父亲同苏格兰高地的关系过去——说实话——完全不稳定，你外祖母抛弃他之后，他几乎就不再来了。他战争年代都在拿骚同温莎公爵这些白痴混在一起；战后又在蒙特卡洛，最后就在怀特酒吧混日子。那群人一辈子每天从中饭开始到上床这段时间都喝得昏天黑地，在他们里面他算是最迷人的，但是当父亲就很让人吃不消了。一个人醉到那种程度基本上就是在拥抱快要淹死的人。喝酒那样子让他的伤感情绪奇怪地爆发二十分钟，绝对比不上我那种坚持不懈的自我牺牲式的善良，让我努力去做个好父亲。不过我承认结果好坏掺半。你知道，阿曼达有十五年没同我说过话了，都怪她的心理分析师，让她本来就不怎么聪明的脑袋瓜子里面装满了关于过分溺爱她的老爸的弗洛伊德那一套。”

尼古拉斯响亮的说话风格渐渐变成了越来越急促的低语，他一心想要坐得笔直，结果弄得布满青筋的双手上的指关节都发白了。“嗯，亲爱的，等下仪式结束后我们再聊一会儿。看见你状态这么好简直太棒了。请节哀，不过如果说真有‘仁慈的解脱’这回事的话，那便属于你可怜的母亲。我老了，差不多变成了南丁格尔一样的人物，但即使是‘提灯的女士’，在那个可怕的废墟前也会打退堂鼓的。在让我奔往成为圣人的路上，这肯定会起到点刹车作用，但我还是更情愿拜访那些还能够听听骂人话，喝上一杯香槟的人。”

他似乎打算离开，但又转回身来。“尽量不要抱怨钱的事情。我有一两位朋友也曾经把这件事情搞得一团糟，结果在国家医疗服务病房里等死，那里的雇员大部分都是外国佬，不得不说我对他们的人道主义情怀感触良深。你看看，钱有什么用，除了有钱的时候花钱，没钱的时候抱怨？那是一种很有限的商品，大家却为它付出了太多情感。其实我的意思是还是抱怨没钱吧；至少钱还有这么点作用：解解怨恨。那些到处行善的人有时候埋怨我心理太阴暗，野兽四伏，可我需要这些阴暗的野兽来排解阴暗，变成野兽。再说，你的家族在这方面过足了瘾。现在怎么样了？整整六代人，不光是长子，子孙后代每个人都基本上闲着不干活。他们有时可能装装样子在工作，尤其是在美国，每个人都要有间办公室，哪怕是转着椅子，双脚跷在办公桌上半小时等中饭吃，但根本就没必要这样。你同你的孩子肯定觉得跻身其中很带劲，虽然我自己没这种体验，天知道如果我不把时间分别用在城里和乡下、国内和国外、老婆和情妇之间的话，我会怎么打发这辈子。我把时间分开来用，现在时间把我分开了，对不对？我要再去仔细研究一下围着你母亲打转的那些宗教狂热分子。”

尼古拉斯摇摇晃晃地走了，也懒得假装指望帕特里克除了默默地听得入迷，会回应他。

等帕特里克回想起疾病和死亡如何撕碎了埃莉诺那些不堪一击的江湖宗教幻想时，尼古拉斯说的“宗教狂热分子”在他看来就更像是轻易上当受骗的逃避兵役的人了。在生命将尽时，埃莉诺被无情地塞进了一个自我认识的速成班，一只手拿着“电动玩具”，另一只手里只有拨浪鼓，面临最险峻的挑战：不出声、不动弹、没有性、没有毒品、没有旅行、没有钱花，几乎没任何食物；只能默默无声地独自思索，如果可以用思索这个词的话。也许她觉得是思绪在思索她，就像饥饿的捕食者那样。

“你在想她吗？”一个轻柔的爱尔兰口音在问。安妮特把一只安抚的手放在帕特里克的手臂上，善解人意的脑袋往一旁偏了偏。

“我在想生活只不过是我们所关注内容的历史，”帕特里克说，“其他都是包装。”

“噢，我觉得这么说太苛刻了，”安妮特说，“玛雅·安吉罗说我们生活的意义在于对别人的影响力，无论我们让他们感觉好还是坏。埃莉诺总是让别人感觉好，这是她给世界的礼物。哦，”她突然兴奋地说，抓紧帕特里克的上臂，“我是在来的路上才想到这个的：我们在莫特雷克火葬场[1]送别埃莉诺，猜猜看我带了什么在向她告别时读给她听。你永远猜不到。《湖上夫人》。这是部亚瑟传奇式犯罪小说，事实上不怎么好，但是很对路，对吧？湖上夫人对‘死亡’湖，考虑到埃莉诺同水的关系以及她对亚瑟传奇的喜爱。”

安妮特如此相信自己说的话具有安抚作用，这令帕特里克感到震惊。他感到恼火的情绪被绝望所取代，想想他母亲竟然会选择生活在这样一些道地的傻瓜中间。她这么坚决地想要躲避的究竟是什么东西？

“谁知道为什么一个火葬场同一部糟糕的小说会在名字上隐约有点相似？”帕特里克说，“如此不可理喻，倒有点吸引人。告诉你谁会看重这种联系：看那个拿着根手杖的老头，去告诉他吧。他喜欢这一类事情，他名叫尼克。”帕特里克隐隐约约记得尼古拉斯痛恨这个名字的简称。

“谢默思向你问好。”安妮特说，就这么被人打发了，也没有不高兴。

“谢谢！”帕特里克鞠了个躬，努力不让自己夸张的毕恭毕敬失去控制。

1　原文为 Mortlake，其中 mort 有“死亡”之意， lake 有“湖”的意思。

他在干什么？这些都早就过时了，同谢默思和他母亲的战争早就结束了，现在他成了孤儿，一切都完美了。似乎他一辈子都在等待着这种完满的感觉。虽然这个世界的奥立弗·退斯特们从一开始就达到了他花了四十五年才达到的境界，但是有幸被班布尔和费根带大，而不是被戴维·梅尔罗斯和埃莉诺抚养成人，肯定会削弱一个人的人格。耐心地忍受潜在的致命影响，这才造就了今天的帕特里克，他独自住在一个单间公寓里，最后一次造访普利奥里医院抑郁症病房的自杀观察室才不过是一年以前的事情。在反叛的青年时代当了瘾君子之后，现在居然会有震颤性谵妄，屈服于酒精的平庸，这真让人觉得太对得起祖宗了。他身为律师，如今很不情愿违法自杀。酒精的感觉很深沉，在血管里嗡嗡作响。他依然记得五岁那年在蒙特卡洛赌场花园的棕榈树丛和红白两色的花坛中骑驴，祖父坐在一张绿色长凳上控制不住地发抖，锁在阳光里，一条污迹慢慢地在他剪裁完美的珠灰色长裤上扩散开来。

因为没有医保，帕特里克只得自己掏钱去住普利奥里医院，在竭尽全力想要康复的三十天内花光了所有的钱财。虽然从精神病学的角度来看三十天时间很短，没有什么用场，但这一个月还是足够让他立刻对一位名叫贝基的二十岁病人着了迷。她看上去像波提切利笔下的维纳斯，更有血迹斑斑的剃刀伤痕纵横交错蔓延在她纤细的白色手臂上面。他第一次在抑郁症病房的休息室里看见她时，她一目了然的不快乐像一支燃烧的箭头点燃了他倍感沮丧和空虚的火药桶。

“我是一名自我伤害抵制性抑郁症患者，”她告诉他说，“他们让我吃八种不同的药丸。”

“八种。”帕特里克佩服地说。他自己已经减少到三种了：白天的抗抑郁症药，夜间抗抑郁症药，还有每天吃三十二颗对付震颤性谵妄的奥沙西泮镇静剂。

如果说吃了这么多镇静剂他还能想什么的话，他只能想得到贝基。第二天，他挣扎着从噼啪作响的床垫上爬起来，蹒跚着走去抑郁症支持小组，希望能再见到她。她不在那里，但是帕特里克无法避免加入那一群身穿田径服的抑郁症患者。“说到运动，还是让我们的服装去代劳吧。”他叹口气，倒在最近的一张座椅里面。

一位名叫加里的美国人先这样开了个头：“让我来提出一个设想：假设你被派去德国工作，一位很久没有音信的朋友给你打电话，从美国来拜访你……”在讲了一个令人震惊的有关利用别人和忘恩负义的故事之后，他问大家他应该对这位朋友说些什么。“这辈子不再同他们来往，”性格阴郁暴躁的泰里说，“有这样的朋友，你都不需要敌人了。”

“好吧，”加里说，故意拖延了一会儿，“如果我告诉你说这位‘朋友’是我母亲，你会怎么说？为什么这样一来就不同了呢？”

震惊在这一群人中蔓延。有个病人的母亲周日来过，并且还带他出去买了一条新裤子，打那以后他一直“欣喜若狂”，他说，加里绝不能抛弃自己的母亲。而另一位名叫吉尔的女人“刚在河边走了一大圈，本来不想再回来的——嗯，这么说吧，我还是回来了，全身湿透了，我对我爱得不行的帕加齐医生说，我觉得这同我母亲有点关系，他说：‘我们根本就不要去想这个问题。’”吉尔说，加里也应该像她一样，不同母亲来往。这一次小组讨论结束时，那位明智的苏格兰主持人试图为大家抵挡这一阵七嘴八舌、以自我为中心的疾风暴雨。

“有人曾经问过我，为何我们的老妈都擅长找到那颗令我们发作的按钮，”他说，“我的答案是‘因为一开始就是她们放在那里的’”。

大家都阴郁地点头，帕特里克自问——这也不是第一次了，但这次带着更多绝望：自由，摆脱依赖、条件反射和怨恨的强权控制，那会意味着什么？

支持小组讨论之后，他看见那位缩着肩膀、违规吸烟、赤着双脚的贝基从洗衣房那边的楼梯上走下来。他跟随着她，看见她倒在楼梯上，硕大的眼睛满含泪水。“我痛恨这个地方，”她说，“他们要把我赶出去，他们说我态度不好。但是我不肯起床是因为我非常抑郁，我不知道该去哪里，我不敢回到父母亲那里去。”

她这是在哭着喊着求救，为何不同她逃跑去自己那个单间寓所？她是还活着的人里面少有的一个比他还想自杀的人，他们可以一起躺在床上，两个逃离普利奥里医院的难民，一个不断抽搐，另一个不断划伤自己。为何不带她回家，让她帮自己结束一切？包扎她最蓝的静脉，亲吻她泛白的嘴唇。不不不不不，他太健康了，至少是太老了。

这些天他只有特地去想才能记起贝基。他常常眼看着自己的痴迷无数次像脸上的红潮那样涌上来，他什么都不做，又看着它淡去。成为一个孤儿就像一股上升的热流，这种新的自由感可能会随之不断攀升，如果他有勇气不对它呈现的机会感到惭愧的话。

帕特里克顺便去看看尼古拉斯和安妮特，很好奇他的从中斡旋起到了什么效果。

“站在坟墓或者焚烧炉边，”他听见尼古拉斯在指导安妮特，“重复这些话：‘再见，老东西。我们两人中间总有一个要死，很高兴死的是你！’这是我的精神练习，欢迎你采用，把它放在你那笑死人的‘精神工具箱’里。”

“你的朋友绝对是个无价之宝，”安妮特说，她看见帕特里克走过来，“他还没有意识到我们住在一个充满爱的世界里，世界也爱你，尼克。”她安慰尼古拉斯，把一只手放在他直往后缩的肩膀上。

“我先前引用过比贝斯科，”尼古拉斯甩了一句话过去，“我要再引用他一次：‘对于一个人情练达者，世界只是个郊区。’”

“噢，他对什么问题都有答案，是吧？”安妮特说，“我等着他一路玩笑开上西天去，圣彼得喜欢机智的人。”

“是吗？”尼古拉斯说，竟然没了脾气，“关于那个笨手笨脚的社交秘书，这是我听过的最好的话，好像最高主宰会同意永恒地居于一大堆修女、叫花子和半身不遂的传教士中间似的，让自己可爱的音乐会毁于精神工具箱的叮叮咣咣声和虔诚信徒吹嘘自己在十字架上献身的叫唤声。幸好啊，终于有个明白事理的命令抵达了天国的看门人：‘看在上天的分上，给我派一位能言善辩的人来！’”

安妮特面带好脾气的责备神情看着他。

“啊，”他说，对帕特里克点点头，“没想到看见你那难缠的姨妈，我竟然会这么感激涕零。”他提起手杖对着南希挥了挥，她站在门口，看上去被自己的傲慢神态累得筋疲力尽，似乎她高高扬起的眉毛一直这样紧绷着可能无法支撑太久了。

“帮帮忙！”她对尼古拉斯说，“这些稀奇古怪的人是谁？”

“狂热分子、疯子、江湖医生、未来的恐怖分子，各种宗教狂人，”尼古拉斯解释说，让南希挽着手臂，“避免眼神交流，挨着我，这样你才可能活下来告诉大家这件事情。”

南希一看见帕特里克就发火了。“为什么不挑别的日子举行葬礼？”她说。

“为什么？”他问，有点困惑。

“今天是查尔斯王子举行婚礼的日子，唯一本来可能会来的另一个人都要去温莎。”

“我肯定你也会去，如果有人邀请你，”帕特里克说，“赶紧拿着英国国旗和纸板广角镜头去吧，如果你觉得那更有趣的话。”

“想到我们是怎么被带大的，”南希拖着哭声说，“太可笑了，想想我姐姐对……”她找不到词来形容了。

“金色地址本。”尼古拉斯嘟囔着，手杖抓得更紧了，因为她沉重地靠在他身上。

“对的，”南希说，“金色地址本。”

第二章

南希看着怒气冲冲的外甥走到母亲的棺材那边。帕特里克从来不理解她和埃莉诺被抚养长大的那种神奇方式。埃莉诺愚蠢地反叛这样的方式，而南希双手握紧祈求要留着它，却还是被夺去了。

“金色地址本，”她又叹了口气，紧紧挽着尼古拉斯的手臂，“我的意思是，比如妈妈一辈子只出过一次车祸，但即便是那一次她系着安全带倒挂在汽车里面时，身旁挂着的也是西班牙王妃。”

“我不得不说这很有派头，”尼古拉斯说，“车祸会让你同各种各样的无名小卒纠缠在一起。想象一下英国纹章院会怎么乱成一团，如果某人的一滴血掉在一辆卡车的仪表板上，同一个脑袋瓜子撞在方向盘上的大老粗的体液混在一起。”

“你难道非得总这么不正经吗？”南希厉声说。

“我尽力吧，”尼古拉斯说，“但你不能假装你妈是普通老百姓的粉丝吧，她不是曾经买下沿着科隆布别墅地界墙的村子的一整条街，就为了拆掉它来扩展自家的花园吗？一共有多少幢房子？”

“二十七幢，”南希说，高兴起来了，“并没有都拆掉，有些被改造成了完全同她房子风格搭配的废墟。还有奇形怪状的假山和洞穴，妈妈还让人做了一个大宅子的翻版，不过要小五十倍。我们过去常在那里喝茶，它有点像《爱丽丝漫游奇境》里的东西。”南希的脸沉了下来。“有个可怕的老头拒绝卖房子，虽然妈妈提出给他的钱远远超出了他那破烂小屋子的价值，所以沿着老墙边上有一处向内凹进，如果你明白我的意思的话。”

“每个天堂里都会有一条蛇。”尼古拉斯说。

“他这样做是故意气我们，”南希说，“他在屋顶上挂了一面法国国旗，还一天到晚放伊迪丝·琵雅芙，我们只好用植物来淹没他。”

“也许他喜欢伊迪丝·琵雅芙。”尼古拉斯说。

“噢，别开玩笑！把伊迪丝·琵雅芙的声音放到那么大，没人会喜欢。”

在南希敏感的耳朵听来，尼古拉斯有点酸溜溜的。如果妈妈不想让随便什么人挤到她的地盘上来呢？其他一切都那么神圣，这没什么稀奇。弗拉戈纳尔[1]曾经在那个花园里画了《科隆布的少女》，因此就有必要把弗拉戈纳尔的画作请到屋子里来。房子的原主人曾经在客厅里挂了几幅瓜尔迪，因此就有正当理由去把它们弄回来。

南希总是不由自主地想起她母亲家的荣耀与衰败，总有一天她要写一本书谈谈母亲和姨妈们，那传奇般的琼森姐妹。这些年来她都在搜集资料，都是些令人着迷的片段，只需要整理整理就行。上周她还解雇了一位没用的年轻学者，他是一连串想要先拿钱后干活的自恋狂中的第十个，但此前她这位最新的奴隶发现了一张她外祖母的出生证。根据这份妙不可言的奇特文件，南希的外祖母"出生在印第安人领地"。一位青年军官的女儿，出生在这样一个不可思议的地方，当她在西部土砖堡垒里咯吱作响的简陋床铺和烦躁不安的马匹中跌撞蹒跚时，如何能想得到她自己的女儿们有一天会在欧洲城堡的走廊里蹒跚，用往昔败落王朝的破砖碎瓦来填满自己的房屋，在玛丽·安东瓦内特[2]的黑色大理石浴缸中扑腾，她们黄色的拉布拉多犬在来自北京皇宫金銮殿的地毯上打瞌睡？甚至科隆布别墅露

1 弗拉戈纳尔（Jean Honoré Fragonard，1732—1806），法国画家，原坚持洛可可风格，后期倾向新古典主义。

2 玛丽·安东瓦内特（Marie Antoinette，1755—1793），法王路易十六的王后，勾结奥地利干涉法国革命，被处死。

台上的水池都是当年专为拿破仑打造的。金色的蜜蜂在银色的花朵中寻寻觅觅，被雨淋湿了。她一直认为让鼓动妈妈买下那些水池是为了微秒地报复一下拿破仑，因为拿破仑曾经说他的祖先、了不起的瓦朗瑟公爵是“穿着丝袜的垃圾”。她总喜欢说让保留了家族的传统，但并没有穿丝袜。南希把尼古拉斯的胳膊抓得更紧了，仿佛她那可怕的继父还会试图把他也偷去似的。

妈妈如果没有同老爸离婚就好了，他们当年在阳光山公园日子过得那么舒畅，她同埃莉诺就是在那儿长大的。威尔士王子都不时来拜访，住在家里的客人从来不会少于二十人，大家开心极了。的确，老爸有个坏习惯，就是给妈妈买极其昂贵的礼物，还得让她买单。当她说“噢，亲爱的，你用不着……”，那是当真的。后来她都有点怕谈论花园了，如果她说花园边上需要多一点蓝颜色，几天之后就会发现老爸从西藏空运了一些稀罕的鲜花来，花只开放三分钟，却花去了一幢房屋的钱。但是老爸在被酗酒压垮之前是那么英俊潇洒热情，爱逗人发笑，富有感染力，往往食物上桌时都在摇晃，因为仆人笑得太厉害了，无法端稳盘子。

经济危机降临时，律师们从美国飞过来请克雷格绞尽脑汁想想有什么是过日子不需要的，他们想了又想，显然不能出售阳光山公园，还需要继续款待朋友们。解聘任何仆人都太残酷，也太不方便了。也不能没有位于布鲁顿街的房屋，他们偶尔还会在伦敦过夜。他们需要两辆劳斯莱斯和两个司机，因为老爸无可救药地准时，而妈妈无可救药地不守时。最后他们牺牲了每位客人早餐时都会收到的六份报纸中的一份。律师们心软了，琼森的财源过于雄厚，让人无法假装有什么经济危机；他们又不是股市上的投机分子，他们是企业家，并且拥有美国城市的大片街区。人们生活中总少不了硬化油脂和干洗剂，也需要有地方可住。

即使老爸过于奢侈，妈妈同让结婚也是一件愚蠢的事情，只能用可以由此得到头衔来解释。她肯定嫉妒格蒂姨妈嫁给了一位大公爵。让在琼森故事里的角色是令他自己蒙羞，他是个骗子、窃贼、好色的继父、独断专行的丈夫。妈妈肝癌卧床快要死时，让又一次大发脾气，叫喊着说她的遗嘱对他的个人荣誉表示了怀疑。她把自己的房产、油画和家具留给他，但仅限他在世时，之后由儿女继承，似乎不相信他自己会把这些留给儿女似的。他非常清楚这些都是琼森的财产……就这么说个不停；吗啡、疼痛、叫喊、愤愤不平的诺言。她改了遗嘱，结果让食了言，把一切都留给了自己的侄儿。

天啦，南希多么痛恨让啊！他都死了快四十年了，但她几乎每天都想亲手杀了他。他偷走了一切，毁了她的生活，阳光山、科隆布别墅、阿勒谢尔宫殿，都失去了。她甚至也为另一些琼森房产感到遗憾，虽然这些房产她本来就继承不了，除非很多人都死了，那就会是个悲剧，但是至少只有她才知道如何恰如其分地居住在这些房子里，而有些人恐怕就很难说了。

“所有那些可爱的东西，所有那些可爱的房子，”南希说，“都到哪里去了？”

“房子总归是在老地方，”尼古拉斯说，“但出得起钱的人才会住在里面。”

“但问题就在这里，我本来是出得起钱的！”

“谈到钱时，绝不要去用假设语气。”

尼古拉斯实在难对付。她肯定不会告诉他自己写书的事情。欧内斯特·海明威曾经对老爸说他的确应该写本书，因为他讲过那么多好笑的故事。老爸说他不会写，海明威送来了一台录音机。老爸忘了插电，录音带不肯转动，他发了脾气，把录音机扔到窗外去了。幸运的是，录音机砸中的那个女人没有去起诉他。老爸又有了一个绝妙故事好讲，但是这件事情弄得南希有点迷信，怕了录音机，或许她应该去请一个“幽灵代笔”，让幽灵来驱赶！那会很富有创意，然而她总得让代笔的人知道这本书该怎么写，可以一个个主题去写，也可以一个个年代地写，但那样在她看来就有点像是闷着头做学问的书呆子办法。她想要一个个姐妹地写过去；毕竟她们之间的竞争才是十足的动力。

格蒂是琼森姐妹中最美的，绝对是妈妈最大的竞争对手。她嫁给了俄国最后一位沙皇的侄儿弗拉基米尔大公爵，南希称他为弗拉德姨父，他曾经帮助刺杀拉斯普廷，把自己的皇家手枪借给尤斯波夫亲王。那本当是最后的一击，但结果却只是在用砷化物毒死精力旺盛的神父和在涅瓦河里淹死他这两者中间的一个过渡。尽管众人多次请求，沙皇还是因为弗拉基米尔参与刺杀而放逐了他，使他错过了俄国革命，错过了被俄国新的布尔什维克主人用刺刀刺穿、绞死或枪杀的命运。一被放逐，弗拉德姨父就每天午餐前喝掉二十三杯干马提尼，以这种方式继续谋杀自己。因为俄国人喝完一杯酒就要摔碎酒杯的古怪念头，屋子里每天几乎没有一刻安宁。弗拉德姨父的姐姐安娜女大公的回忆录早已被人遗忘，南希留着的父亲那本，上面用紫色钢笔墨水题赠给“我亲爱的妹夫”，而实际上他是她弟妹的丈夫。在南希看来，这个题赠似乎具有典型的慷慨包容性，正是这种包容性使得这个令人惊叹的家族能跨越两个大陆，从基辅到符拉迪沃斯托克。弗拉德姨父同格蒂在比亚里茨结婚之前，他的姐姐必须给予传统上应该由父母给予的祝福，这是令他们害怕的一刻，因为会让他们想起家人缺席的恐怖原因。女大公在《记忆的宫殿》中描述了她的感觉：

> 从窗外望去，我能够看见大海波涛击打礁石；太阳下去了，那一刻灰色的海洋看上去就像命运那么无情、冷漠，孤独得漫无边际。

格蒂决定皈依俄国东正教，为了更加靠近弗拉基米尔家族。安娜接着又说：

> 我们的表亲洛伊希滕贝格公爵和我是她的证婚人，仪式长而沉闷，我为格蒂感到遗憾，因为她一个字都听不懂。

如果南希圈养的代笔写得也有这么好的话，那她就会觉得胜券在握，拿得出一本畅销书来。最年长的琼森大姐是最富有的：专横、务实的伊迪丝。她轻浮的妹妹们跳入一卷插图本历史书籍中，同一些世界上最有名望家族的遗老遗少牵手，但是明智的伊迪丝姨妈却喜欢自己的古董装在木箱里送上门，缔结了一门使财富更加稳固的婚姻，嫁的男人的父亲也像她自己的父亲一样，曾经名列1900年美国百位富翁排行榜。南希在战争的前两年与伊迪丝住在一起，妈妈在去美国同女儿们团聚之前，也试着把一些真正有价值的东西存在瑞士。伊迪丝的丈夫比尔姨父自己为送给妻子的礼物买单，算得上是创新之举。有次生日礼物是一幢白色木屋，带绿色百叶窗，两侧厢房略弯曲，位于俯视一条湖泊的斜坡草地上，居于一万英亩的庄园中央。她很喜爱这件礼物。这种有用的小技巧他们在那本叫作《赠送礼物的艺术》中是从来不会提及的。

帕特里克看了一眼自己这位不快乐的姨母，她到了门口还在对着尼古拉斯抱怨个不停。他不由得想起他那个抑郁症小组协调人最喜欢的格言，“怨恨是饮下毒药，希望别人会死”。所有的病人都多少以某种逼真程度的苏格兰口音模仿了这句话，至少一天一次。

如果说现在他带着一种不自在的冷漠站在母亲棺材旁，那不是因为他珍惜姨妈的“金色地址本”。对帕特里克而言，过去是一具等待焚烧的尸体。尽管他的愿望将一丝不苟地得到实现，就在离开他仅几步之遥的一只焚烧炉里，但是却需要另一种火焰来烧尽那一直纠缠南希的态度；继承到手的财产的心理作用，迫不及待地想要将其脱手的欲望以及迫不及待地想要留住它的欲望；已经拥有了几乎其他所有人哪怕拼了老命也想要得到的东西而产生的令人萎靡不振的效果；私下多少有的优越感以及私下多少因为富有而羞愧的感觉，产生了其典型的伪装：到处行善的解决方案，酗酒来解决问题，戴上怪异的面具，以完美无瑕的趣味来寻求解脱；沮丧的、游手好闲的、轻浮的，及其对立面——传统标准的奉行者——全都活在这样一个世界上，各种不同选择密集的闪光使得爱与工作都无法穿透。如果这些价值本身就贫瘠乏味，那么在失去遗产两代之后看上去就更加可笑了。帕特里克认为他姨母恶毒地不合时宜，他想与此保持距离，但是又觉得有必要去理解他母亲一家对地位的执迷。

他记得那时埃莉诺刚刚启动了她最后一个慈善项目，“超个人基金会”，他去看望她，她已经决定放弃作为一个人的苦恼，来换取成为超个人的振奋心绪的前景；否认她自己的一部分：一个彷徨茫然的家庭的女儿，另一个这种家庭的母亲，声称自己是治愈者和圣者，但其实她并不是。这样一种青年人的项目在她老去的身体上造成的结果是第一次中风，随后还有一连串十几次中风，最后她垮了。帕特里克在她第一次中风之后去拉考斯特看望她，她说话还足够顺畅，但是心智已经变得完全令人起疑。她卧室里破烂的窗帘被晚风吹得鼓起，等到他俩单独在一起时，她立即抱紧他的手臂，急切地嘶声对他说："别告诉任何人我母亲是公爵夫人。"

他像同谋那样点点头，她放松了双手，目光搜索着天花板寻找下一个让她操心的事情。

南希的嘱咐则会恰好相反，甚至都没有中风来做借口。不告诉任何人？告诉所有人！南希入世，埃莉诺出世；南希身板结实，埃莉诺苍白瘦弱，在这样漫画般的对比背后有一个共同的根源，一个必须矫饰的过去，无论是通过抑制还是有选择的夸耀。到底怎么一回事？埃莉诺和南希究竟是否算是个人？或者她们只不过是其阶级和家族典型的残骸？

1970 年代初，埃莉诺曾经带着帕特里克去她姨母伊迪丝家小住，那时他十二岁。当时全世界都在担忧石油输出国组织危机、经济滞胀、连环爆炸，以及 LSD 的药效究竟是永久、永恒还是暂时的。他们发现自从得到鲜橡树庄园五十年来，伊迪丝的生活方式没有丝毫迁就。四十个黑仆人使得《飘》里面的黑奴看上去像是电影场景中的临时演员。帕特里克同埃莉诺到达的那一天，仆人摩西问是否能请假去参加哥哥的葬礼，伊迪丝说不行，晚饭有四个人，需要摩西来伺候客人吃玉米粥。帕特里克并不在意由那位端鹌鹑的仆人，或分送蔬菜的仆人伺候吃玉米粥，但凡事有规矩，伊迪丝不允许打破规矩。戴着白手套身穿白制服的摩西默默地走上前，泪流满面，让帕特里克第一次尝到了玉米粥。他从来不清楚自己本来是否会喜欢这些玉米粥。

后来，在卧室噼啪作响的炉火前，埃莉诺大骂了一通姨母的残酷无情。晚餐那一幕对她震动太大；她根本无法分清哪个是玉米粥的味道哪个是摩西的眼泪的味道，或者说是无法分清哪是她母亲完美的趣味，哪是她自己儿童时代的泪水。埃莉诺觉得自己的清醒植根于对待仆人的善意，这意味着她总是会站在摩西一边。如果她能言善辩的话，这种忠诚可能会使她爱上政治，就如同最后她爱上了慈善一样。她尤其痛恨姨母令她感觉自己好像依旧只有十二岁，就如同战争开始时，她在比尔和伊迪丝位于长岛的住宅费尔利做客，当一位充满热情但却默默无声的客人。母亲被自己还是帕特里克那个年纪的记忆催眠了，她受阻的成长总是让他想要长大成人的努力蒙上了浓浓的阴影。在他年幼时，她总是念念不忘自己的保姆对她意味着什么，却忘了为他提供一位同样温暖和值得信任的典范。

帕特里克从母亲的棺木上抬眼，看见南希和尼古拉斯准备再次走上前来，他们对社会等级制度的本能反应将一位丧母的儿子变成了他母亲葬礼上的领头犬。他将一只手放在埃莉诺的棺木上，结成秘密的联盟来应对误解。

“亲爱的，”尼古拉斯说，似乎因为某个重要的消息而振奋，“在南希告诉我之前，我一直没有意识到你妈妈过去多么喜欢派对，她是到后来才做起那些‘好事’的。”他似乎用手杖将这个词剔到一边，从他的道路上扫除。“想想害羞的、虔诚的小埃莉诺在贝斯特古盛装舞会上的样子。我当时不认识她，要不然就会不由自主地想要保护她免于那一大群贪得无厌的小丑之手。”尼古拉斯另一只手在空气中艺术性地划过。“那是个魔幻时刻，好像华托油画中那些镀金的游手好闲者从他们遭到魔力的禁锢里被释放出来，注射了巨量类固醇，获得了一个快艇舰队。”

“哦，她没有那么害羞，如果你明白我的意思的话，”南希纠正了他，“她足够迷人。你知道你母亲本来可以嫁个好人家。”

“而且还可以免去生下我的麻烦。”

“那不见得。”

“我想到，”尼古拉斯说，“所有那些吹嘘参加过那场传奇派对的装模作样的骗子，很难相信我居然还认识一位当时真的在场，并且提都不提的人。现在要夸赞她为人谦虚已经太晚了。”他拍拍棺木，好似马主人拍拍一匹跑赢了的赛马。“这表明那样装假是毫无意义的。”

南希看见一位身穿黑色细条纹西服，系着黑色丝绸领带的白发男人从坐席之间走过来。

“亨利！”她说，戏剧化地踉跄着后退一步，“我们需要一些琼森家的后援。”南希热爱亨利。他那么富有，如果钱是她的就更好了，但是同有钱人关系密切也挺不错。

“你好吗，卷心菜？”她招呼着。

亨利吻了南希表示问好，似乎并不那么高兴被称为“卷心菜”。

“天啊，没想到会见到你。”帕特里克说。他感到一阵自责。

“我也没想到会见到你，”亨利说，“这个家里的人互不通气。我在这里待几天，住在康诺特，他们今天送早饭时拿来《泰晤士报》，我才看到你母亲去世了，今天在这里有个仪式。幸好酒店马上替我叫了辆车，我才赶来了。”

“自从上次你好心让我们住在你的岛上之后就再也没见过你，”帕特里克说，决定开诚布公，“我猜我简直就是场噩梦，很抱歉。”

“我想没人会享受不高兴的感觉，”亨利说，“总要发泄出来的。但是我们不应该让对外交政策的几个不同意见妨碍真正重要的事情。”

“绝对的，”帕特里克说，亨利如此充满善意，他很感动，“真高兴你今天来了。埃莉诺非常喜欢你。”

“嗯，我爱你母亲。你知道，战争初期她同我们在费尔利住过两年，当然我们非常亲密。她生来就很纯真，这点真的很迷人；让你靠拢，但又让你保持一定的距离。很难解释，但无论你如何看待你母亲和她牵扯进去的慈善事业，我希望你明白她是个好人，动机是最好的。”

“是啊，”帕特里克说，暂时接受了亨利单纯的感情，“我觉得‘纯真’是最恰当的词。”他感叹心理投射的效果：那时帕特里克对所有人都抱有敌意，亨利似乎对他也非常有敌意；现在帕特里克同他没有争执，他似乎多么善解人意啊。如果停止投射会怎么样？有这种可能吗？

亨利转身离开时伸出手来，碰了碰帕特里克的肩膀。“请节哀。”他说，彬彬有礼中充满了感情。他对南希和尼古拉斯点点头。

“对不起，”帕特里克说，回头看看火葬场的大门，“我要去同约翰尼·霍尔打个招呼。”

“他是谁？”南希问，觉察到那是个默默无闻的人。

“你问得好，”尼古拉斯沉着脸说，“他本来什么都不是，如果不是我女儿的心理分析师的话。有鉴于此，他是个魔鬼。”

第三章

帕特里克离开母亲的棺木，意识到除非他歇斯底里发作再跑回去，他这是最后一次站在她身边了。头天晚上他去班雍殡仪馆时，已经见过了棺材里面冰冷潮湿的内容。一位态度友好身着蓝色制服的白发女人在门口迎接他。

“你好，亲爱的，我听见出租车来，想应该是你。”

她领他下楼，粉色和褐色菱形图案的地毯就像是在一个乡村客栈的酒吧间里，还有关于特殊服务的低调广告。带框的摄影图中一位女人跪在一个黑色盒子旁，一只鸽子为获得自由而迫不及待，扇动着白色翅膀，身子挺直。它会回到班雍的鸽舍再来一次吗？哦，不会的，不会回到黑色盒子里。“在你的葬礼上我们可以为你放飞一只鸽子”。哥特字体似乎扭曲了所有进入葬礼大厅门的字母，仿佛死亡是一个德国乡村。在去地下室的楼梯旁，电灯照亮了彩绘玻璃窗。

“我让你同她待一会儿。如果你需要什么的话，别犹豫，我就在楼上。”

“谢谢你。”帕特里克说，等她转了弯，才走进垂柳堂。

他关上门，匆忙瞥了一眼棺材，好像母亲曾经告诉过他盯着人看是粗鲁无礼似的。无论他看的是什么，那肯定不是别人几分钟前以严肃和抚慰的口吻允诺的那个“她”。这个熟悉的身体缺少生命，这张他甚至在认识自己之前就认识的脸庞上修整过的僵硬的五官，使一切都变了样。这是一个为了抵达彼岸生涯的过渡物体。他得到的不是母亲不在时小孩凑合着玩的柔软的玩具或者破烂，而是一具尸体，它那干枯的手指握着一支假玫瑰花，硬邦邦的花瓣被扭曲摆放在停止跳动的心脏的位置，既有一种借代的威望，也有遗物的讽刺性，都以同样的权威代表了母亲，也代表了她的缺席。总而言之，这是她隐入别人记忆之前的最后一次露面。

他还是再看一眼吧，更长久地、不那么评头论足地看一眼，但是他在这样一个令人不安的地下室里如何能定下心来呢？垂柳堂位于一个繁忙的人行道下面，被人们在手机上慷慨激昂的演说声击穿，被咯咯的脚步声不断敲打。一辆出租车轰隆隆地离开车流，溅起一洼水洒在另一端天花板上面的石板路上。他想起了几十年都没想到过的丁尼生的诗句：“死了，早就死了，/早就死了！/我的心是一抔尘土，/车轮在我头顶碾过，/我的尸骨痛苦地颤抖，/被扔在一个浅浅的坟墓中，/离街道只有一英米，/马蹄声嘚嘚， 嘚嘚，/马蹄声嘚嘚敲打，/敲打着我的头骨和脑髓，/伴随无尽过往的脚步。”[1]他明白了为何班雍殡仪馆会把这个房间称为垂柳堂，而不是矿井或浅坟。“喂，亲爱的，你的妈妈在矿井里。”帕特里克嘟囔着，“我们可以在浅坟里放飞一只鸽子，但它绝没有逃离的可能。”他坐下来，双臂交叉摇晃着。他五脏六腑都在翻腾，自从三天前听说母亲去世后就一直这样，不需要十年的心理分析来发现他感觉“被抽空了”，他现在做的就是遭遇压力时一直在做的：观察一切，用不同的声音自言自语，绕过无法接受的感情。在眼下情形中，这种感情很方便地嵌入了母亲的棺木。

她的离世拖延漫长，简直是一寸寸地没入虚无。起初他情不自禁地享受在她面前这种相对的宁静，但是随后注意到自己留恋外面的市井闹声，以求避免陷入房间中央那沉默的深渊。他必须更仔细地看看，但的确先要去关掉一些穿过低矮的塑料天花板上那些镀铬格栅的炫目灯光，这些灯光使棺木四角的铜烛台上站立的四支大蜡烛黯淡无光。他弄暗了聚光灯，使蜡烛恢复了一点教堂似的装模作样。他还要去核实另外一件事情。

---

1 出自丁尼生长诗《莫德》(Maud)。

一张粉色丝绒帘幕分割了房间；他必须先看看那后面有什么，才能去注意母亲。原来那里堆满了各种设备：一台灰色的金属推车，附带结实的轮子，一些不容小觑的橡胶管子和一个巨大的金色十字架。给一位基督徒做防腐处理需要的东西都有了。埃莉诺曾经期待死后在一条隧道的尽头见到耶稣。这个可怜人是他的粉丝的奴隶，等待着向迫不及待的死亡者展示尘世湮灭的重生河流彼岸那流光溢彩的田野。被挑选担任乐观主义的主要俗套角色，成为隧道尽头的亮光，主宰着闪闪发光的一大堆半满水杯和银色镶边的云朵，那肯定不是什么容易的事情。

帕特里克不情愿地放下帘幕，承认自己没有别的法子再拖延了。他慢慢地走向棺材，好似接近悬崖。至少他还知道这具棺木里装着他母亲的遗体。二十年前他去纽约看父亲的遗体时，被带错了房间。“深情怀念”。他竭尽全力摆脱了那次哀悼过程，但是这次他没法避免了。他冷静干燥的那一部分心智试图将自己的感情置于婉转陈词的作用之下，但是五脏六腑感到的尖利刺痛毁坏了这种企图，扰乱了他的防御。

他朝棺木里面看去时，感觉受到一种焦躁不安的动物性悲伤的侵蚀。他想要疑虑地徘徊在遗体旁边，仍旧给予它一些在世时要求的关注：摇一摇，触摸一下，一个词，询问的目光。他伸出手去，放在她的胸口上，感受到令人震惊的消瘦。他俯下身去，亲吻了她的前额，感受到令人震惊的冰冷。这些尖锐的感觉进一步降低了他的防御能力。对自己面前这个被毁的人越来越汹涌的怜悯感几乎淹没了他。在转瞬即逝的一刻，这种巨大的温柔情感将他母亲的人格缩减至一个细节，将他自己与她的关系缩减成细节中的细节。

他又坐了下来，双腿交叉，抱着两臂，支撑着身体，使自己能略微减少一点腹中的疼痛。然后，他恍然大悟。当然，多么奇怪——多么果断。他七岁，第一次单独同母亲出国，当时父母离婚才几个月。他第一眼见到的意大利：白色的门牌号码，蓝色的海湾，赭色的教堂。他们住在那不勒斯的艾克塞尔酒店，面对码头怒吼的摩托车和轰隆隆满载乘客的有轨电车的喧嚣。站在他们豪华房间的阳台上，母亲指点着蹲在屋顶上或趴在电车尾的街头顽童。帕特里克本以为他们来那不勒斯是度假的，听埃莉诺说来这里是为了拯救这些可怜的儿童，吓了一跳。有个了不起的人是位神职人员，名叫托特利神父，他孜孜不倦地收留流浪的那不勒斯儿童，给他们栖身之处，埃莉诺一直从伦敦给这些避难所提供大把钞票，现在是第一次要去看这些地方。太激动了，对吧？这不是在做好事吗？她给帕特里克看一张托特利神父的照片：一个壮实的小个子，五十岁左右，身穿黑色衬衣，看上去是经常光顾拳击场的那种人。他那像熊一般粗壮的手臂紧紧搂着两个晒得黝黑、身穿白色背心、瘦得皮包骨的男孩。托特利神父保护他们不至流落街头，但是谁来保护他们免于托特利神父之手呢？肯定不是埃莉诺。她为他提供资助，使他能让避难所塞满越来越多的孤儿和离家出走的儿童。那天吃过中饭，帕特里克突然肠胃炎猛烈发作，他母亲倒没有肆无忌惮地置他于不顾，自己去照看其他儿童，而是不得不留在他身边握着他的手，而他在绿色大理石铺就的浴室里疼痛地叫喊。

现在肚子再怎么疼痛也没有办法让她留下来了。并非他想要她留下来，而是他的身体自有记忆，自顾自唠叨，不需要顾及他当下的愿望。究竟是什么驱使埃莉诺为她丈夫和托特利神父提供儿童，为何这种驱动力如此之强，以至于一旦婚姻破裂，她又马上找了一个神父来取代父亲，一个祭司来取代医生呢？帕特里克相信她的动机是无意识的，正如最近三天令他深陷其中的身体记忆那样无意识。他除了把这些碎片从黑暗中拖出来并加以承认之外，还能有什么其他办法呢？

在轻轻地敲了一下门之后，门开了，管理员探身进来。

“只是想确认一下没有问题。”她悄悄地说。

“也许吧。”帕特里克说。

回公寓的路上有一种轻微的幻觉感，乘坐日光灯照亮的巴士在雨夜中前行，受到纷乱的印象和遥远记忆的重新洗刷。车上有两个耶和华见证会成员，黑人男子分发传单，黑人妇女高声宣讲。“悔过你的罪恶，拥抱耶稣，等你死时就太晚了，来不及在坟墓里后悔，你会在地狱的火焰中烧焦……”

后座上一位身穿花呢上衣、红着双眼的爱尔兰人用同样的声调也开始大声叫嚷，“闭嘴吧。操你妈的婊子，去舔撒旦的卵蛋吧。你不能这样做，不管你是穆斯林、基督徒还是撒旦的信徒。”发传单的那个男人朝上一层走去时，他依旧不依不饶，还不怀好意地带上了一些南方鼻音，“我看得见你，伙计。你觉得用手抱着头看上去会怎么样？伙计。如果你不让那个婊子闭嘴，我会帮你整整容，伙计。”

“噢，你自己闭嘴吧。”一位再也听不下去的乘客说。

帕特里克发现自己肚子不痛了，他看着那个爱尔兰人在座位上摇晃，继续动着嘴唇无声地同耶和华见证会争论，或者同他年轻时碰到的某个耶稣会士争论。让我们把一个男孩抚养到七岁，我们就会拥有他一辈子。那不是我，帕特里克想，你们不会拥有我。

巴士走走停停地驶向他的目的地，他想着那些在自杀观察室度过的短暂却关键性的夜晚，一件件剥去汗水湿透的T恤，掀掉让人热得像蒸桑拿一样的被子，结果却因为少了被子而在冰柜里发抖，灯开了又关，因为光亮而痛苦，因为黑暗而惊恐；毒汁四溅的头疼潜伏在脑袋里，就像是跳豆里灌的铅。他只带了一本《西藏度亡经》[1]来读，希望它那异国情调的象征手法足够荒唐，能使他摆脱幻想，不再执迷于人死后还会有意识这个念头。结果他发现自己的想象受到了《中阴解脱经》前言中一句话的诱惑："啊，你出身高贵，当你的身体和心智分离之时，你肯定已经瞥见了一眼纯粹的真理，微妙、闪烁、明亮、炫目、辉煌，灿烂夺目、令人敬畏，好似海市蜃楼穿越春天的美景，持续不断地颤动。因此不要畏惧，不要害怕，也不要敬畏，那是你自己真实本质的光芒。认识它。"

这些话有种致幻式权威性，淹没了他渴望相信的唯物主义的寂灭。他挣扎着想要重拾对死亡终结性的信念，却又不得不将其视为迷信中的迷信，未见得比其他更加具有令人振奋的理性。有人说死后还有生命是捏造出来安慰那些无法面对死亡的人，也有人说死亡终结性是捏造出来安慰那些无法面对无尽的人生体验这样的噩梦，前一种说法未见得比后一种说法更能自圆其说。当他被驱赶进睡梦的屠宰场时，他那震颤性谵妄与《中阴解脱经》的诗人联手打造出了一种热气腾腾的电刑效

1 西藏佛学著作，依照佛教教义介绍了人死以后每天"中阴"的变化情形，又称《中阴解脱经》。

果，令他深恐自己理性的刽子手会让他“瞥见一眼纯粹的真理”。

记忆和词语朦胧地闪现，就像夜间雾气蒙蒙的道路两旁。思绪远远地威胁他，但等他接近时，却又消失了。“淹没在梦里，焦灼地要离开”。这是谁说的？别人说的话。他已经想到“别人的话”了吗？事情似乎离得很远，然后马上又循环往复。是像雾，还是更像热沙，他正在挣扎着摸索，同时尽量试着不去触动它吗？湿冷，干热，怎么可能两者兼有呢？怎么可能不是两者兼有呢？对不同性的依此类推——又一个词语似乎像迷你火车在小小环形轨道里打转。请让它停下来吧。

有个场景一直兜转回他谵妄的思绪。哲学家维克托·艾森有过一次濒临死亡的体验之后，帕特里克去拜访他。他在伦敦诊所里见到了这位圣纳泽尔的老邻居，当时他身上还有管子连接着一些几天之前曾经呈一条直线的仪器。维克托枯黄的手臂乏力地从医院病服下露出来，但是他描述发生的事情时，语调依旧快速有力，充满他一生持有的自信观念。

“我来到一条河边，对岸有红灯控制着宇宙，两边各有一人，我知道那是时间之主和空间之主。他们直接用思想与我沟通，没有使用任何语言。他们告诉我时空的布帛已经撕裂，我必须修补好，宇宙的命运依赖我。我有极大的迫切感和目的感，正准备去完成任务，然后我感到自己被拖回身体内，很不情愿地回来了。”

接连三个星期，维克托都对伴随着自己幻象的真实感深信不疑，但是接下来他公开的无神论习惯占了上风，再加上害怕他的哲学著作中包含的逻辑推理可能会因此失效，这使得他将那种新的开放感觉硬归于他当时正遭遇的生物危机。他认定宇宙主宰者指派他去完成的紧迫任务是大脑缺氧的征兆，当时他的心智正在缺失，而不是在扩展。

帕特里克一身汗躺在那个狭窄的房间里，想着维克托需要决定每件事物的意义是什么，他好奇是否有可能足够放松自我，不再有去判断事物意义的需求。那会是什么感觉？

同时，自杀观察室的确不负盛名，他在里面看到自杀总是构成他自身存在的无争议的背景。后来帕特里克养成习惯总是在外衣口袋里携带一本《西西弗斯神话》，将其第一句话作为自己二十岁出头时的符咒，但甚至在此之前，他每天起床第一件事都是问一个基本问题：“有谁能想出什么好理由不去自杀吗？”当时他生活在一种戏剧性的孤独状态中，满脑子疯狂和嘲讽的声音，不大有可能得到一个确定的答案。他最多只能希望有意地拖延，到最后还是必须说话的责任比死的愿望更强大。在接下来的二十年里，自杀的嘀咕声消减为海岸小路上或者静悄悄的药房里偶尔的低语，当它开足马力回归时，形式是阴沉的独白，而不是超现实的合唱。它最近的攻击相对简单，使他意识到他只是表面爱上了予人安慰的死亡，实际上更对自己的人格着迷。自杀戴上了自我排斥的面具；但实际上打算按照人格的指令自杀的人比任何人都更拿自己的人格当回事，比任何人都更有决心不惜一切代价处于掌控位置，迫使生活中最神秘的一面进入他们自己专横的日程安排。

他在普利奥里度过的一个月是他生命中的关键时期，改变了导致婚姻破裂和酗酒升级的危机。一想到他刚在那里待了三天就因为贝基的离开而几乎差不多逃走，就感到不安。她离开前在抑郁症病房的休息室里找到了他。

“我在找你，我不该同任何人说话的，”她嘲讽地低语，“因为我对别人有坏影响。”

她递给他一张折叠的小纸条，轻轻吻了一下他的嘴唇就匆匆走出了房间。

这是我姐姐的地址。她去美国了，所以我会一个人待着，如果你想要逃离这个该死的地方，做点什么**疯狂**的事情的话。爱，贝克。

这张纸条让他想起上中学时在早上的课间休息时抽了一支大麻后随手涂在普通化学课堂笔记边上那些乱七八糟的疯狂两字。去拜访她是不可能的，他告诉自己，一边在后门楼梯下的投币电话亭里叫了一辆出租车，那里列出了出租车服务电话号码。这就是他们所说的不由自主吗?

“就是不!”他嘟囔着，坚决地关上出租车门，表明他自己是多么有决心不去追逐那沾满血污的功能障碍的节日狂欢。他把贝基纸条上的地址给了司机。

“嗯，如果他们肯让你出来的话，你肯定没问题。”司机乐呵呵地说。

“我让自己出来的，我住不起。”

“很贵，是吧?”

帕特里克没有回答，他因为欲望和心理矛盾而变得迟钝。

“你听过某人去看精神病医生的故事吗?”司机问。他开上了汽车道，对后镜笑着。“他说:‘好可怕，医生，三年来我都以为自己是只蝴蝶，这还没完，更糟的在后面:最近三个月我都以为自己是只飞蛾。’‘老天，’精神病医生说，‘你日子多难过啊。那你今天怎么会想到上这儿来呢?’‘嗯，’这人说，‘我看见窗口的灯光，受到了吸引，所以就飞进来了。’”

“这故事讲得好，”帕特里克说，在想象中贝基的裸体里陷得更深了，一边想着他最近一次服用的安定的效果会维持多久，“你专门给普利奥里病人开车，是因为你性格开朗吗？”

“你还别说，”司机说，“去年我着实有四个月下不了床，着实觉得任何事情都没有意义。”

“噢，抱歉。”帕特里克说。

从哈默史密斯百老汇到牧羊人树丛环路，他们聊着无来由的哭泣，自杀性白日梦，难忍的迟钝，无眠的夜晚和焦虑的白日。等到了贝斯沃特，他们已经成了最好的朋友。司机对帕特里克转过身来，恢复了神情欢快精神饱满：“再过几个月，你想起经历过的这一切，就会说：‘那究竟是干啥？那么大惊小怪和恼火究竟是为什么？’我就是这样的。”

帕特里克低头再看看贝基的纸条。她签名时用了一种啤酒的名称，贝克。他开始悄声嘶哑地嘟囔，用的是马龙·白兰度扮演维托·柯里昂[1]的声音：“那个来找你约会的人，名字跟有名的啤酒一样——**她才是那个**想让你重新犯病的人……”

不要这些声音，他不能让这些声音重新开始。“开始时是稍稍模仿马龙·白兰度，”莫普太太叹了口气，“接下来还没等你意识到……”

1　电影《教父》中的“教父”一角。

“闭嘴！”帕特里克突然说。

“什么？”

“哦，不是说你，抱歉。”

他们转弯进入一个带中庭花园的大院子，停在一幢白色拉毛灰墙房子前，帕特里克探身从车窗望出去，贝基在三楼，美丽、唾手可得、精神不正常。

想想他为了得到一点小小的亲密而做过的事情吧；他给自己挖掘坟墓时泥土从耳边嗖嗖飞过。有些好女人对他关怀备至前所未有，必须折磨死她们，她们才会辜负他，才会表现得不可信任。然后还有些坏女人，一开始就不值得信任，倒是省了时间。他总是在这两大类型中来回，着迷于有些变种——她们短暂地掩盖了要维护他那正在朽烂的人格堡垒是多么徒劳——同时又希望堡垒能够相应地自我重整，成为安宁和满足的圣殿。希望和抑郁，抑郁和希望，只需一点置身度外，就知道他的恋爱生活看上去就像小孩的发条玩具径直跑向饭桌边缘陡直落下。风流轶事是爱情最受威胁的地方，而非可能获得最高表现的地方。如果一位潜在的对象足够绝望，例如贝基，那她就具有了注定招致厄运的吸引力。如此受骗令人尴尬，而更尴尬的是对欺骗作出反应，就像一个人逃离迫近自己的阴影。

“我知道这听上去有点疯狂，我找不到更好的词来形容，”帕特里克呵呵笑了一声，“但是你可以再开车送我回去吗？我还没有准备好。”

“回到普利奥里？”司机说，不再像先前那样同情他的乘客了。

他没必要认识我们这些必须回去的人，帕特里克想。他闭上眼睛，在后座伸直腿。“说话归说话，心怀疑虑往前走……有些事有些事……你不想要疯人院和那里的一切。”那里的一切，那美好的无可言状，威胁地扩张，貌似迫切地收缩。

开车回去的路上，帕特里克开始感到胸痛，连他对病态的浪漫情事的渴望都无法解释这个了。他双手发抖，感到额头上直冒汗，等抵达帕加齐医生的办公室时，已经有点谵妄了。他似乎陷于一个深不见底的二维空间，像只昆虫在窗玻璃上乱爬，寻找一个出口。帕加齐骂他不该错过了四点钟服用安定，说他这么快停药，可能会引发心脏病。帕特里克揭开颤抖的手上拿着的塑料小杯的盖子，吞下了三颗安定。

第二天他对抑郁症小组成员“分享”了自己几乎成功的逃跑经历，结果发现所有人几乎都逃跑过，或者逃跑过又回来，或者大部分时间都想着要逃跑。另一方面，有些人害怕离开，但他们似乎只是表面上不同于那些想要逃跑的人：每个人都执迷于想弄明白自己究竟还需要多少疗程才能开始“正常生活”。帕特里克感到与其他病人休戚相关，很惊讶自己会对此心存感激之心。一辈子养成的独往独来的习惯短暂地被对小组所有成员的一阵善意所淹没。约翰尼·霍尔坐在房间里面一个不为人注意的位子上，帕特里克从座位另一头绕过去同老朋友会合。

“你过得怎么样？”约翰尼说。

“蛮好，”帕特里克说，在他身边坐下，“我有种奇怪的兴奋感觉，我不会告诉任何人，除了你和玛丽。开始几天我觉得相当迷糊，但是接下来我感到的是你这个专业人士会称为‘洞见’的东西。昨晚上我去了葬礼厅，坐在埃莉诺的遗体旁，我有了心灵感应……我以后告诉你。”

约翰尼鼓励地微笑着。“天哪，”他说，停顿了一下，“尼古拉斯·普拉特，没想到会见到他。”

“我也没想到。你运气好，有正当理由可以不去同他说话。”

“别人不是一样吗？”

“差不多。”

“葬礼之后我们再在昂斯洛见面。”约翰尼说，让帕特里克转向走上前来的引座员，他站在一旁等待着。

“先生，您准备好了我们就可以马上开始。”引座员说，不知为何暗示出如果仪式不马上开始的话，排队等候的尸体就会堆积起来的意思。

帕特里克扫了一眼房间，有几十个人坐在面朝埃莉诺棺材的位子上。

“好，”他说，“我们十分钟后开始。”

“十分钟？”引座员说，好似一个小孩得知等他到了二十一岁时就可以做些真正叫人兴奋的事情。

“是的，还有人要来。”帕特里克说，注意到朱莉娅站在门口，她是这灰不溜秋的上午背景中一片瘦削的黑色：黑纱、黑帽、笔挺的黑丝绸外衣，他猜，里面也是略微柔软的黑丝绸。他立刻感到了她的精神影响，那种强烈但却独有的敏感。她就像一张蜘蛛网，一碰就颤动，却对那令蛛丝在湿淋淋的青草上闪亮的光照无动于衷。

“你正好赶上。”帕特里克说，隔着朱莉娅那扎人的黑色面纱吻了她。

“你的意思是说像往常那样迟到了。”

“没有，刚好准时。我们正要启动，如果我用的词合适的话。”

“不合适。”她说，短促嘶哑地笑了一声，笑声像过去一样总是打动他。

他们最后一次见面是在结束恋情的那个法国旅馆里，尽管有很多沟通余地，但他们还是找不到什么话来说。长时间地就餐，头顶是一片人工天空的穹隆，画着淡淡的云彩和垂悬的玫瑰花环。他们盯着一段台阶，通往一个私人港口里疾驶的平底船、碰着系船柱嘎吱作响的缰绳、在石筑码头上生锈的系船柱；一切都渴望离开。

“既然现在你同玛丽不在一起，又不需要我，那我是……结构性的了。”

“的确。”这个单词或许太光秃秃了，只有沉默才能超越它。她站起来，一言不发地走开了。一只海燕从泥污的栏杆起飞，尖叫一声展翅飞向大海。他想叫她回来，但是这一冲动消失在两人之间逐渐拉长的厚重帷幕中。

现在朱莉娅看着这位新近丧母的人，认定她已经完全不在乎帕特里克了，除了想要他觉得她很有诱惑力之外。

“这么久没见到你了。”帕特里克说，看着朱莉娅黑面纱下鲜红的嘴唇，他总是不合时宜地被几乎所有曾经与他同床共寝的女人吸引，即使出于其他所有理由他强烈地厌恶旧情复燃。

“一年半，”朱莉娅说，“你真的不喝酒了吗？眼下肯定很难受。”

“一点不：危机需要英雄。潜在的攻击发生在事事顺心时，至少我听说是这样。”

“如果你不能以本人的口吻谈到事事顺心，那就没多大改变。”

“改变了，只不过我说话的方式还要点时间来同步。”

“我等不及了。”

“如果有机会嘲讽的话……”

“你会抓住机会的。”

“这是最难改掉的嗜好，”帕特里克说，“忘了海洛因吧，只要试着改掉嘲讽就行，这种内心深处的需要同时意味着两件事情，想要同时在两个地方，不想面对一个意义固定的灾难。”

“别！”朱莉娅说，“我边用着尼古丁贴片边抽烟，已经够麻烦了，别把我的嘲讽也拿走，”她央求着，戏剧性地拥抱他，“给我留一点讽刺。”

“讽刺不算数，它只意味着一件事情：蔑视。”

“你一直是个品质控”，朱莉娅说，“我们有些人喜欢讽刺。”

朱莉娅意识到她在同帕特里克调笑。她感到怀旧情绪的小小牵动，但坚决地提醒自己她已经完全摆脱了他。再说，她现在有了贡特，他是位富有魅力的德国银行家，每周三在伦敦度过。的确，他已婚，就像帕特里克当初那样，但在其他方面则完全相反：精明、健康、富有、有自我约束。他能弄到歌剧票，在高级酒吧订座，是各种俱乐部会员，事情都由他的私人秘书安排。有时他不管不顾地穿上熨烫过的牛仔裤和麂皮拉链夹克，带她去城里某些特殊地方的爵士俱乐部，当然，总是有一辆令人宽慰的大车默默地等在外面带他们回海斯梅斯。就在伯克利广场后面，贡特像他所有的朋友一样，在他的梅斯三房屋横向改建的地下二层修建了一个游泳池。他以一个在艺术界有朋友的人士的随意轻信，收藏丑陋的当代艺术品，更衣室里有展示女人乳头的黑白艺术照片。他令朱莉娅感觉自己很老练，却没有让她想到演戏，她同贡特在一起时这个想法干脆就没有出现过。他从来没有费力去放弃嘲讽，他当然知道它的存在，并且以他傻呵呵的劲头乐此不疲。

“我们最好找个座位，”帕特里克说，“我不大确定要做些什么；我甚至都没时间去看看仪式的顺序。”

“但不是你安排的吗？”

“不，玛丽安排的。”

“真好！”朱莉娅说，“她总是这么乐于助人，真是比你自己的母亲还像个母亲。”

朱莉娅感觉心跳加快了；也许她有点过分了。她很惊讶自己同那个自我牺牲典范的竞争突然烟消云散，早就过时了。

“她的确是，直到她有了自己的孩子，”帕特里克和气地说，“这让我没法躲了。”

朱莉娅起初害怕他会生气，结果发现自己希望他不要这么镇静得令人发狂。

风琴嗡嗡开始奏乐。

“嗯，无论真假，我还是要去焚烧我唯一母亲的遗体。”说着，帕特里克对朱莉娅一笑，沿着走廊走向前排。玛丽在那里给他留了一个位子。

第四章

玛丽坐在火葬场的前排凝视着埃莉诺的棺材，克制着一时的抵触情绪。她好奇帕特里克去哪里了，回头却看见他在同朱莉娅调情。现在已经没有什么要紧的事情有赖于她精明的冷漠，她突然感到了一阵恼怒。这里她又在尽心尽力，而帕特里克明明正处于他永远的危机中一个更有理由痛苦的阶段，却把注意力放在另一个女人身上。并非她需要他更多的关注；她要求他的只不过是洒脱一点，不要总是旧病复发。公平地说——虽然她有时希望自己不要再这么公平——这也是他想要的。她需要提醒自己，分离使得他俩更亲近了，不再因为两人习惯性的反应而碰撞或分裂，他俩已经进入了一个相对稳定的轨道，围绕着孩子，围绕着彼此。

她第二次回头时看见了伊拉斯谟斯·普莱斯严肃的笑容，恼怒消退了更多。他是她自己对在私通中寻求安慰的小小让步。她是在法国南方同他开始一段恋情的。在他们婚姻解体的最后阶段，帕特里克坚持在那里租一幢房子，他总是不由自主地兜回童年时代在圣纳泽尔的老家。玛丽徒劳地反对这种奢侈，然而帕特里克处于酗酒的最后阶段，在无意识的深渊里跌跌撞撞，根本没法好好讨论问题。

普莱斯夫妇自己的婚姻也濒于破裂，他们的儿子同罗伯特和托马斯年龄相同。尽管有这些前景看好的对称，两个家庭之间却没有什么和谐关系。

“如果有任何人对‘一个星期在政治中是很长的时间’这种说法感到惊讶，”帕特里克第二天说，“就应该试试让普莱斯一家留下来，那会是他妈的永恒。你知道他怎么会有这么个稀奇古怪的名字吗？他父亲当时正在编辑牛津大学出版社六十五卷本《伊拉斯谟斯全集》，他母亲打断他的工作，告诉他生了个儿子。‘让我们叫他伊拉斯谟斯，’他喊道，好像突然得到了灵感似的，‘或者叫路德，我今天早上还在重读他给伊拉斯谟斯的重要信件。’放着那么多选择……”帕特里克声音低了下来。

玛丽没理他，知道他只是在找借口来更加喝个昏天黑地。等帕特里克失去知觉，艾米丽·普莱斯上床睡觉以后，玛丽一直坐到很晚，听伊拉斯谟斯诉苦。

“有些人以为未来属于他们，他们可以输得起，”第一天晚上他说，凝视着自己盛满红酒的杯子，“但我一点没有这样的感觉。即使工作顺手，如果我能够没有痛苦地立刻消亡的话，我也不在乎。”

为什么她会被这些性格阴郁的男人吸引呢？至少作为哲学家，伊拉斯谟斯像叔本华一样，可以把他的悲观变成一种世界观。听见提到这位德国哲学家，他高兴了起来。

我最喜欢他给一位临死朋友的忠告：“你正在停止做你本来就不想成为的那个人。”

“那肯定有用。”玛丽说。

“一针见血地戳破恋旧情结。”他钦佩地悄悄说。

伊拉斯谟斯说他的婚姻已经无可挽救；令玛丽不解的是它居然会存在。艾米丽·普莱斯这位客人有三大缺点：她不知道说“请”，不知道说“谢谢你”，不知道说“抱歉”，同时却又一直使别人对这些表达的要求激增。她看见玛丽往托马斯瘦削苍白的肩膀上涂抹防晒霜，立刻跑过来，从玛丽的手掌中挖出一块白色的霜，说：“我看见了就忍不住想要搽一些。”根据她自己的说法，同样的渴望在她生育第一个儿子时就出现了：“我一看见他，就想：**我还要再生一个。**”

艾米丽抱怨剑桥，抱怨丈夫，抱怨儿子，抱怨她家的房子，她抱怨法国和太阳和云彩和树叶和风和瓶盖，她没法停下来；她必须舀出快要被不满情绪淹没的小船里面装的东西。有时她的抱怨对准的是假想的目标：剑桥是地狱，伦敦很好，但是伊拉斯谟斯上次申请伦敦大学的一个工作，她却逼他撤回了申请。当时她对人说是他太怯懦了不敢申请，但是在同梅尔罗斯一家人度假时，她说出了实情："我想搬到伦敦去的唯一目的就是为了能够抱怨那里的空气质量和学校。"

要面对艾米丽个性的挑战，一时间也让帕特里克从昏昏欲睡的状态中惊醒。

"她会是一个克莱恩心理会议上的核心——'谈谈糟糕的乳房'。"他浑身是汗地躺在床上，玛丽在磨练耐心。"她这辈子开头不易，"他叹了口气，"她母亲都不肯让她用家里的圆珠笔，生怕会用完墨水。"他笑着从床上栽了下来，头撞在床头柜上，要吃一把可待因片来对付头上的肿块。

等到玛丽放弃忍耐时，她的做法非常激烈。她能够感到艾米丽潜在的匮乏感像火炉里喷出的火焰，但她还是决定将自己典型的同情心放置一旁，选择令人烦恼的后果，不去感受艾米丽行为的令人沮丧的原因，尤其是在他们无尽地谈论失败婚姻的第二个晚上，伊拉斯谟斯笨拙地与她调情之后。对伊拉斯谟斯的调情她并没有完全拒绝。整整一个星期他们以各自婚姻的残片支撑彼此，回到英国之后，他们花了两个月的时间才承认试图从这些黏糊糊的残片中构造一次恋情是徒劳的——两个月的时间正好够玛丽忠诚地读完伊拉斯谟斯最近的著作，《并未更聪明：意识哲学的发展》。

是床头柜上放着的《并未更聪明》使帕特里克警觉到妻子艰难的浪漫恋情。

“你不会去读那本书，除非你同作者有一腿。”他半闭着眼睛猜测道。

“相信我，即使那样实际上也是没用的。”

他听任自己完全闭上眼睛，脸上挂着奇怪的笑容。她有点厌恶地意识到他很高兴他自己不忠的巨大心理负担可以因为她对天平另一头微不足道的贡献而得到缓解。

接下来就是一个她母亲会称之为“绝对疯狂”的阶段。帕特里克从他新的酒醉断片卧室兼起居室出来的唯一目的就是为了就意识研究问题教训或审问她，有时带着醉酒者慢吞吞说教的准确，有时则带着醉酒的幻觉狂热，全都用一种惯于在公众面前为一个案子辩论的人那种貌似有理的滔滔不绝说了出来。

“意识的主体，为了进入科学的领域，必须成为意识的客体，而它恰恰做不到这一点，因为眼睛无法感知自己，无法快速跳出眼眶看一眼晶体。经验的语言和实验的语言像油同水那样悬挂在同一个试管里，从不混合，除非遭到哲学的暴力。哲学的暴力，你同意吗？哦哦，别担心那盏灯，我会给你买一盏新的。

“但是说真的，你对微细管的看法如何？微细管钟。你是拥护还是反对？你认为拓展心智理论是否能有信心基于量子非局域性？一个温暖的微细管螺旋位移的量子子宫中受孕的两个相联微粒是否能在星际云的黑暗中继续相互沟通，尽管貌似有冰冷的分离，依然在沟通？你是赞成，还是反对？如果这些微粒的确产生共鸣，那么体验会有什么不同，既然我们体验的本来就不是微粒？”

“噢，看在上帝的分上，闭嘴吧。”

“谁能替我们消除这种解释空缺呢？”他喊道，好似亨利二世要求找一位杀手来除掉他那位找麻烦的神父。“这种空缺仅仅是我们遭到误解的话语的产物吗？”他纠缠不放，“现实是一种交感幻觉吗？精神崩溃实际上是一种拒绝共识吗？接着说啊，不要害羞，告诉我你怎么想？”

“你为啥不去自己的公寓，在那里不省人事？我不想让孩子看见你这样子。”

“什么样子？哲学探索的样子？我还以为你会赞成呢。”

“我要去接孩子。请你回家去吧。”

“你真好，竟然会觉得那是我的家。我哪有那么幸福。”

然后他会离开，放弃有关意识的辩论，砰一声关上门。在他胡搅蛮缠地使用“性质二元论”等抽象词语来表达他对家的破碎感觉之后，即使是“他妈的婊子”这样的直截了当也更受欢迎。对他怒气冲冲地离开，她越来越不感到内疚。她唯恐罗伯特和托马斯问她父亲为何是这种情绪，如此一目了然的沉默，滔滔不绝的内向，处于笨拙和悲惨的境地。实际上孩子们很少见到他，酗酒和住在普利奥里的最后两个月，他总是“出差”。罗伯特以他非凡的模仿才能，现在还有本领模仿伊拉斯谟斯用来撰写著作，以及帕特里克借用来含沙射影地攻击他妻子的素材。

“思想来自哪里？”他嘟囔着，忧郁地来回踱步，“在你决定动手之前，决定存在何处？”

“老实说，鲍比，”托马斯说道，格格笑了一声，“我觉得大脑会知道。”

“嗯，特雷西先生，”托马斯结结巴巴地说，在想象中的绳索上弹跳着，“当你动手时，你的……你的大脑告诉你动手，但是什么告诉你的大脑去告诉你的手呢？”

“这的确是个谜团，大脑。”罗伯特说，换上了特雷西先生的男低音。

“嗯嗯，特雷西先生，”他又变回结结巴巴的科学家，

“我发明了一种机器，也许可以解—解开这个谜团，叫作思想创客。”

“开动它，开动它！”托马斯喊叫着，挥舞着他的道具。

罗伯特大声发出嗡嗡声响，变得越来越具有威胁力。

“噢， 不，会爆炸的！”托马斯警告着，“创客会爆炸的！”

罗伯特发出一声巨大的爆炸声，扑倒在地。

“瞧，特雷西先生，我猜我肯定是让主线路超、超负荷了。”

“别担心，动动脑子。”托马斯宽宏大量地说，“我肯定你会想出办法来的。但是说真的，”他又对玛丽说，“让老爸那么生气的‘意识辩论’到底是什么?”

“噢，天哪。”玛丽说，非常希望自己身边亲近的人不会想谈论什么意识。她以为自己可以糊弄托马斯，让这个题目听上去很深奥渊博。“其实就是有关大脑和心智是否相同的哲学和科学辩论。”

“嗯，当然不是，”托马斯说，把拇指从嘴里拿出来，睁圆了双眼，“我的意思是说大脑是身体的一部分，心智是外在的灵魂。”

“差不多。”玛丽说，感到惊奇。

“我不明白的是，”托马斯说，“为什么事物会存在。”

“你什么意思？为什么有事物，而不是干脆没事物？”

“对的。”

“我不知道，但也许应该为此感到惊讶。”

“我很惊讶，妈妈。我真的很惊讶。”

当她告诉伊拉斯谟斯，托马斯说心智等于“外在的灵魂”时，他似乎并不像她那样受到触动。

“这是很老式的观点，”他评论说，“虽然更加时髦的观点认为灵魂是内在的心智，但这只是简单地将两个非透明的能指之间的关系颠倒了一下，并不能算是让我们有所进步。”

“对的，”玛丽说，“但是你难道不认为一个六岁的小孩能对这个著名的棘手问题有如此清楚的认识，是相当不同寻常的吗？”

“孩子们常常说些在我们看来似乎不同寻常的事情，恰好是因为大的问题对于他们来说还没有变得‘著名的棘手’而已。奥利维尔目前对死亡着迷，他也才六岁。他不能忍受死亡，它还没变成**它是怎么一回事**的一部分；它还是个骇人听闻的事情，是灾难性的设计缺陷；毁灭了一切事情。我们已经习惯了死亡这一事实——尽管这种体验无以复加地奇怪，但他还没有发现给刽子手罩上盖头的诡计、用事实来掩盖体验的诡计。他仍然将其看作纯粹的体验。我看见过他为一只躺在窗台上的死苍蝇哭泣。他问我为何事物会死亡，我能够告诉他的只能是老一套：因为没有什么能够长存。”

伊拉斯谟斯需要对一切采取概括和理论的看法，这有时令玛丽非常恼火。她原本只想他略微夸奖托马斯两句而已。甚至当她最后告诉他，她觉得没有必要再继续两人的恋情，他也只是接受了她的提议，平静得令她感到有点侮辱人，接着他又承认“最近在琢磨万有精神方法”，好像泄露出他心智粗犷的这一面能够诱惑她改变主意似的。

玛丽决定不把孩子们带去参加埃莉诺的葬礼，而是把他们留在自己母亲那里。托马斯不记得埃莉诺，罗伯特深受父亲遭到背叛的感觉的影响，这种场合更有可能让他重新生出已经淡化的敌意，而不是释放自然的悲伤和失落感。他们最后一次聚在一起是两年前，在邱园，是蓝铃开花的季节，当时埃莉诺刚从圣纳泽尔回到英国来生活。在去森林步道的路上，玛丽推着埃莉诺的轮椅穿过蜿蜒的杜鹃谷，两边是色彩生猛的花墙。帕特里克落在后面，不时大口吞下迷你瓶装的尊尼获加黑标威士忌，一边假装对蔓延的粉红色或橘黄色花朵着迷。罗伯特和托马斯探索着沿两旁斜坡种植的巨大灌木丛。一只金色的雉鸡出现在小路上，红黄色和鲜红的羽毛像珐琅般闪烁，玛丽吃了一惊，停住了轮椅。雉鸡穿过灼热的炭渣路，摆出雄赳赳气昂昂的架势，那是才能受限的代价，就像游泳的狗高抬起的头。埃莉诺蜷缩在轮椅里，穿着旧的婴儿蓝法兰绒裤子，一件紫红色开衫，有大颗的平纽扣，手肘上开了洞，她凝视着那只鸟，带着如今已经长留在她僵硬脸庞上的受惊的憎恶表情。帕特里克决心不同他母亲说话，快步经过，嘟囔着说他“最好还是盯着孩子们”。

埃莉诺拼命招手让玛丽靠近，然后好不容易说出了一个完整句子。

“我忘不了他是戴维的儿子。”

“我不认为这些日子是他老爸在让他烦心。”玛丽说，被自己的尖刻吓了一跳。

“烦心……”埃莉诺说。

等埃莉诺再开口说话时，玛丽正猛力推着轮椅经过森林步道上阳光斑驳的坑坑洼洼。

“你……还……好……吗？”

这个问题她问了一遍又一遍，越来越焦躁，无视橡树枝叶婆娑的影子之下风铃草朦胧一片混杂着野葱的黄色茎秆。她在试着让玛丽不受帕特里克的伤害，并非因为对她的处境有任何洞察力，而是想要通过某种追溯式魔力使自己摆脱戴维的伤害。玛丽试图给出一个肯定的答案，结果反倒令埃莉诺烦恼，因为她唯一能够接受的回答是："不，我过得不好！我同个专横的疯子住在一起，就像你一样，亲爱的可怜人。但是，我确实相信世界会拯救我们，谢天谢地像你这样受过伤害的真正的治病救人者具有令人敬畏的萨满神力。"

不知为何这些话玛丽无法说出口，然而这两个女人之间的确有种令人不安的姐妹般情感联系。玛丽一眼就看出了埃莉诺家庭教养的某些特征：极端的羞怯、操纵一切的保姆、胆怯的自我意识、自虐地受到难缠的男人吸引。埃莉诺就是有关这些力量的世情故事，警示自我牺牲一钱不值；当几乎就没有自我可以牺牲的时候，则警示不要以更多的失落来应对失落。总之，她是个婴儿，并非如众多成人那样的"大宝贝"，而是个小婴儿，完整地保存在金钱、酒精和幻想的咸菜腌制大缸里。

自从邱园色彩斑斓的那一天以后，两个男孩就都没有再被带去看望住在疗养院的祖母。在两年前她令人痛苦地玩弄医助自杀之后，帕特里克也不再去探望她了。只有玛丽还坚持着，有时勉强提醒自己埃莉诺毕竟还是婆母，有时又更加含糊地相信是埃莉诺的家庭关系失衡，必须立刻着手处理这种失衡，无论埃莉诺本人是否能够参与进来。那感觉的确奇怪，时间一个月一个月地过去，她对空说话，希望能够有点好的作用，但埃莉诺只是更加一动不动地茫然凝视着天花板。在没有任何对话的情况下，她经常因为埃莉诺无法保护自己的孩子而蔑视她，结果无法继续说下去。

她记得埃莉诺曾经讲述过带着婴儿帕特里克从医院回家后的那头几个星期。戴维被儿子的哭声搞得无比烦躁，命令她抱着这个吵闹的小东西去顶楼最远的角落里去。在戴维钟爱的康沃尔，埃莉诺已经足以感到被放逐，处身天涯海角，俯瞰树木密不透风的河口，她都想不到还会有更多的放逐在等着她，结果突然被扔出卧室，甚至都来不及穿上拖鞋，来不及给婴儿拿床被子，就去了这个冰冷大房子里一个冰冷的小房间。这幢房子本来就浸透了阴森森的恐怖感。她同戴维在特鲁罗登记处结婚时，已经身怀六甲，怀着他们第一个孩子。他过分高估了自己的医术，鼓励她在家生孩子。乔治娜没有必需的孵化箱，两天后就死了。戴维把船开出海口，把她海葬了，然后消失了三天，醉得不省人事。埃莉诺卧床，流血，遭到抛弃，凝视着卧室飘窗外灰色的海水。乔治娜死后，她拒绝同戴维睡觉，有天晚上她上楼时，他一巴掌打在她膝盖后面，她摔倒了，他把她的双手扭在后面，在楼梯上强奸了她。正当她以为自己已经受够了他，可以离开时，却发现怀孕了。

她在顶楼上怀抱着因强奸生下来的婴儿，感到丧失自信到歇斯底里的地步。她看着那张狭窄的床，唯恐一躺下，她就会翻身压住他，使他窒息。于是她挑了那张角落里挨着空壁炉的木椅子，坐了整整一晚上，紧紧搂着他。在木椅上度过的那些夜晚，她一再沉入睡眠，然后又突然惊醒，感到婴儿的身体顺着她的睡衣朝下滑向膝盖边上，她会在最后一刻抓住他，唯恐他柔软的脑袋撞在坚硬的地板上；但是又不能去两人都渴望的那张床，生怕会压死他。

白天好一点。产科护士会来帮忙，管家在厨房里手忙脚乱，戴维在外面玩游艇、喝酒，房子里有了一种表面的快乐气氛。三个女人为帕特里克忙着。埃莉诺在自己的卧室休息时，几乎忘了可怕的夜晚；当她闭上眼不再看见窗外无尽的灰色海水时，她几乎忘了乔治娜的夭折；当她给婴儿喂奶，同他一起入睡时，她几乎忘了将他带到这个世界上来的暴力。

但是，有一天，他们从医院回来三周后，戴维留在家里。他一开始的情绪就很危险；她闻到了他咖啡中白兰地的味道，看见他脸上嫉妒的怒火。到了吃饭的时候，他已经语言刻薄地伤害了屋子里每一个人，所有的女人都很焦虑，感觉到他来回走着，等待机会来伤害和羞辱她们。但是，后来大家全都吃了一惊，看见他大步走进厨房，提着个破旧的皮袋子，身穿外科医生不合身的白色大褂。他命令她们在擦洗干净的橡木桌上清理出一个地方，然后展开一块毛巾，从袋子里拿出一个装着外科器具的木盒，在毛巾旁边打开来。他要了一锅子开水，好像一切都已经安排好了，大家都知道是怎么回事似的。

“做什么？”管家问。她是第一个从催眠状态中醒过来的人。

“给器具消毒。”戴维回答的口气好似一个人在给另一个非常愚蠢的人解释某件显而易见的事情。“已经是该割除包皮的时候了。当然，肯定不是，”他接着说，似乎要缓解她们内心深处的恐惧，“因为宗教。”他挤出一个转瞬即逝的笑容，“是因为医学。”

“你又喝多了。”埃莉诺脱口而出。

“只喝了一小烧杯医用酒精，”他讽刺地说，想到要做手术有点晕；然后，不再有心思开玩笑，“把孩子抱过来。”

“您确定这样最好吗？”产科护士问。

“别质疑我的权威。”戴维说，一句话涵盖了一切：年长的男人、医生、雇主、发号施令的几个世纪，而且还有他的在场令人无法动弹的心理威慑力，这使得要反对他会危及生命似的。

在埃莉诺的想象中，他早就具有杀人犯的特质。深夜，当他只剩下一个听众时，面对空酒瓶和压扁的雪茄烟，戴维总喜欢讲这个故事。1920年代后期他去用长矛猎野猪，手持长矛骑马在高高的草丛中奔驰，感觉很兴奋，追赶野猪，野猪的獠牙可以穿透马腿，把骑马的人掀翻在地，戳死他。刺穿这些动作迅猛的野猪也是一种极大的愉悦，比远程猎杀更有身临其境之感。这次狩猎唯一不妙之处是其中一人被野狗咬了，出现了狂犬病症状。最近的医院也有三天路程，要救他太迟了。参加打猎的人决定把他们这位口吐白沫、手脚抽搐的朋友绑在一张本来是要用来运送死猪的大网里，吊起来，把大网的四个角绑在一棵蓝花楹树上。经过一天令人兴奋的运动之后，本想享受尽情放松的感觉，却有这一个受恐水症痛苦折磨的包袱在身边的树上荡着，即使对这些铁石心肠的男人而言，也是个挑战。晚餐桌上方成排的吊灯、静谧闪光的餐具、训练有素的仆人、让文明照耀印度旷野之夜的欣喜，似乎都成了问题。在尖叫的背景声中，戴维只能勉强听见阿奇·蒙特克里夫在讲述如何驾着马车进入总督舞厅的动人故事。阿奇身穿一件临时拼凑的罗马式宽松袍子，以一种“别出心裁的拉丁语土音”大声喊着脏话，拉车的马匹绕着舞厅打转。如果他父亲不是总督的好朋友的话，他可能就不得不辞职了，但事实是，总督承认——当然是私下的——阿奇在“又一个该死的乏味舞会”上令他精神振奋。

故事结束时，戴维从桌旁站起身来，嘟囔着：“这种吵闹声真叫人无法忍受。”他跑进帐篷去拿了枪，走到那个狂犬病人身边，一枪打中了他的脑袋。他回到鸦雀无声的桌旁坐下来。“感觉完全镇定自若，”他说道，“这是最仁慈的办法了。”这句话慢慢传遍了全桌：这是最仁慈的办法了。这是些有钱有势的人，有些人在政府身居高位，有一个人还是法官，全都无法不同意他。尖叫声消失了，几品托威士忌苏打下肚之后，夜晚将近时，大家一致同意戴维做了一件无比勇敢的事情。戴维讲述着他如何令桌旁所有人都站在他一边时，差不多笑了。有时他一阵虔诚情绪发作，最后还会说尽管当时他还没有看过《格雷解剖学》，但他的确觉得那一枪是他“与医学恋爱”的开始。

在康沃尔的厨房里，埃莉诺觉得自己必须把婴儿交给他，婴儿哭喊着，声音高昂响亮，埃莉诺觉得一百英里之外都有很多狗在窝里吠叫。女人全都挤在一起哭着求戴维住手，求他小心点，给孩子上点局部麻醉。他们知道这不是在做手术，而是一个狂怒的人在攻击他儿子的生殖器官；但是他们就像一出戏剧中的合唱队那样，只能评论和呜咽，却无法改变剧情。

“我想说：‘你已经害死了乔治娜，现在又想害死帕特里克。’”埃莉诺告诉玛丽，表示如果她能说出话来，那她就会有多么大胆，“我想叫警察！”

那你为何不呢？玛丽能想到的只有这个，但是关于埃莉诺什么都没说这件事，她也没说什么；她只是点头，专心做一个好听众。

“就好像……”埃莉诺说，“就好像是那幅戈雅画的萨杜恩吞噬自己的儿子。”埃莉诺从小在油画杰作中长大，对艺术史有一种迟到的热爱，这种热爱却因为被取消继承权而腰斩，取而代之的是嗜好乐观象征主义的灿烂色块。但是，她依然记得自己二十岁那年驾驶第一辆汽车穿越西班牙，在参观普拉多美术馆时，被那些戈雅晚期的画作惊到了。

玛丽为这种比较吃了一惊，因为埃莉诺如此联系不同寻常，也因为她熟知这幅画，很容易想象那位衰老的忧郁之神大张着嘴，睁大双眼，因为嫉妒和害怕篡位而发狂，吃着自己没有头的孩子的尸体。看着埃莉诺乞求豁免，玛丽意识到当她的这位婆母如此深陷自己的无助，如此绝望地想要获救时，她从来就无法保护任何人。在婚姻的后期，埃莉诺的确设法得到了警察的保护。那是在圣纳泽尔，她刚刚得知自己母亲的死讯，还不知道遗嘱的内容，期待着能够掌控世界一流的财富。那天上午晚些时候她要飞往罗马参加葬礼，戴维在早餐桌旁面对她坐着，阴郁地思忖着他妻子增长的独立可能带来的后果。

“你指望到手所有那些可爱的钱财。”他说，走到桌子她那一边。她站起来，感觉到了危险。“但是你不会，”他说，抓住她，熟练地把两个拇指压在她的喉咙上，“因为我要杀死你。”

她几乎是无意识地用尽余力拿膝盖撞击了他的卵蛋，他疼痛地放开了她，她溜到桌子另一边，猛地冲出了房子。他追了她一会儿，但是二十三岁的年龄差别终于在他疲倦的身体上表现出来，她逃到了树林中。她确信他会开车来追她，挣扎着穿过灌木林去了当地警察局，浑身是刮伤，鲜血淋漓，哭哭啼啼。两位宪兵开车送她回家，在一旁看守着骄傲地生着闷气的戴维，她收拾好了去罗马的行装。她如释重负地离开，却没有带上帕特里克，他留了下来，极为勉强地能保护他的只有一位吓坏了的保姆，又换了一位保姆——她们平均只能待上六个星期。戴维对埃莉诺可能鞭长莫及了，但是如果他慷慨地让保姆放一天假，打发伊薇特回家，就能放心地折磨儿子，而不用担心宪兵们的干涉了。

最后，埃莉诺还是违背了掌控玛丽一生的身为母亲的天性，就是这件事绝对妨碍了她可能会对埃莉诺抱有的好感。她记得自己的儿子三周时的情景：他们丝绸般热乎乎的脑袋钻进她的身体寻求庇护来缓和出生的惊恐。想到将他们交出去，在他们的皮肤能够忍耐羊毛的粗糙之前，就被一个残酷险恶的人用刀来切割，那需要一种遮蔽她的想象力的背叛。

无疑戴维在愚蠢温顺者中费了很大劲才找到了一个能够忍受他特殊趣味的女人，但是一旦他一览无遗地展示自己的邪恶，埃莉诺如何能逃脱与一个施虐者和恋童癖合谋串通的指控呢？她曾经邀请别人家的孩子到法国南部去度假，像帕特里克一样，他们也遭到奸污，被纳入一个充满耻辱和秘密的地下世界，支撑这个世界的是貌似会兑现的惩罚和死亡的威胁。埃莉诺在第一次中风之前不久，收到了这些孩子中某位的一封来信，说她经过了贯穿一生的失眠、自我伤害、性冷淡、性滥交、永远的焦虑和自杀尝试之后，才开始过上比较正常的生活，多亏了七年的心理治疗，才终于能够原谅埃莉诺在她与梅尔罗斯一家度过的那个夏天里没有保护她。埃莉诺把信拿给玛丽看，反复强调让她为一种她根本就不知道世界上竟然存在的行为感到惭愧，是有多么不公平，尽管这种行为就发生在她自己卧室隔壁的房间里。

然而，她究竟是否真的蒙在鼓里呢？收到令埃莉诺如此沮丧的那封信的前一年，帕特里克也收到了苏菲的来信，她是过去的一位保姆，曾经勇敢地在梅尔罗斯家待了两年，相比那些川流不息在梅尔罗斯家出入、轻信的外国女孩所待的平均时长超过了二十倍。苏菲在信中承认几十年来一直对她照看帕特里克那段时间感到惭愧，在拉考斯特的那幢房子里，她经常听见从走廊另一头传来哭喊声，她知道帕特里克在遭受折磨，不仅仅是受到惩罚或感到挫折，但她当时只有十九岁，犹豫着不敢干涉。她还承认她非常害怕戴维，尽管她真心喜爱帕特里克，对埃莉诺心怀怜悯，却还是渴望离开那个稀奇古怪的家。

如果苏菲都知道有哪里非常不对头，埃莉诺怎么可能不知道呢？无视貌似不可能无视的事情，这很常见，但是埃莉诺却以不同寻常的执着始终视而不见。在她所有自我发现和山寨疗法的方案中，她逃避了承认自己热衷于逃避。玛丽认为假设她终于发现了自己真正的“力量动物”的话，那会是三只邪恶的猴子：视而不见之邪恶、听而不闻之邪恶、闭口不谈之邪恶。玛丽还怀疑是她的某次中风才灭杀了以往的那些谨言慎行，她所知真相的片段刹那间荡涤了她，而在过去她把这些片段分别封存，就像某种秘密组织的分支那样互不了解。后来这些片段汇合在一起，试图仿造出一种完整性，但已经太晚了，无法自圆其说。

埃莉诺生命的最后两年完全是在护理院度过的，她很少下床。第一年，玛丽依然认为至少将埃莉诺与其饱受折磨的存在维系在一起的是她对家庭的关心。玛丽一直让埃莉诺放心，说他们都很好，后来才开始意识到埃莉诺深陷其中的并非各种牵挂的力量强度，而是其微不足道：根本就没有任何实在的东西能让她“放手”，她只剩下自己转瞬即逝的惭愧和困惑心情。她的一部分渴望死亡，但她没时间去死；在持续增长的焦虑中没有缺口，想死的愿望时刻与对死亡的恐惧相撞，随之又产生新的愿望。

第二年玛丽基本上沉默了。她进房间向埃莉诺问个好，还能做什么呢?

她最后一次看见婆母是两周以前，此时埃莉诺已经达到了一种同纯粹的虚空毫无区别的平静境界。她的脸庞瘦削憔悴，似乎无法有任何自主的表情。玛丽还记得那些导致疏离的推心置腹的谈话，有一次，埃莉诺告诉她自己准确地知道什么时候会死。这个信息的神秘来源（占星术? 沟通效应? 一位病态的大师? 一次鼓乐集会? 一个先知先觉的梦境? ）从来没有泄露，但是信息本身却是以纯粹幻想者那略微自矜的镇定自若说出来的。玛丽认为死亡的确定性与死亡的时间和意义的不确定性是生命的根本真相，而埃莉诺却准确地知道自己何时会死，而且她的死亡并非终点。到最后，至少在玛丽看来，这个信念最终抛弃了埃莉诺，随之而去的还有她人格的所有其他特征，好似一场沙尘暴肆虐经过，夺走了任何与人安慰的迹象，留下了干燥虚空的苍天之下一览无遗的荒寂。

但是，埃莉诺在复活节死去，玛丽知道没有什么会比这更令她高兴的了，或者说假设她有知觉的话，更令她高兴的了。或许她的确知道，尽管她的心灵似乎已经固定在一个远离任何像计时的日历那么平凡的事物的地域。即便如此，也无法知晓这是否就是她期待自己会死的日子。

玛丽在火葬场那不舒服的凳子上调整了一下坐姿。令人信服并且实实在在的意识理论在哪里呢，当你的确需要它时？她回头看看后面隔了几排座位上的伊拉斯谟斯，但是他似乎睡着了。玛丽回头再看离她几英尺距离的棺材，她的推断力突然崩溃了。她发现自己在想象——生动到令她无法忍受——埃莉诺在残忍的最后两年是什么感受，能力和记忆一点一点地减退，直至个人特性全部消亡。

泪水模糊了她的双眼。

“你没事吧？”帕特里克悄悄地说，在她身边坐下来。

“我正在想你母亲。”她说。

“非常恰当的选择。”帕特里克嘟囔着，听上去像是店铺老板在奉承别人。

不知为何玛丽情不自禁地笑起来，帕特里克也笑了，两人都不得不咬紧下嘴唇，让肩膀不要抖动得太厉害。

第五章

帕特里克竭力控制自己这一阵突如其来充满痛苦的笑声，慢慢地呼出一口气，将注意力集中在等待仪式开始的乏味的紧张感上面。管风琴一声叹息，似乎很不耐烦地在寻找得体的音调，然后无可奈何地绕着弯子。他必须打起精神：他到这里来哀悼母亲的死亡，是一件严肃的事情。

各种事情妨碍了他。很长一段时间因为失去了在法国的家而造成的愤怒使他无法克服对埃莉诺的怨恨。没有圣纳泽尔，他身上原始的一部分被夺走了，是那种想象中的关照令儿时的他得以保持神志清醒。他的确依恋这块美丽的地方，但更加深深依恋的是一种秘密的庇护，他不敢抛弃，唯恐离开它就会遭到彻底毁灭。房子对面那座石灰岩山的裂缝、污迹和空洞形成的不断变化的表面曾经一直陪伴他，山脊上那排松树就像要前来拯救他的一队士兵，那里还有藏身之处，躲在那里从来没有谁能找到他；还可以从葡萄园田上往下跳，令他感到必须逃跑时就可以飞翔。还有个危险的老井，他可以在那里淹没石头和泥块，而不至于淹死自己。最为英勇的是同壁虎之间的联系，在危机时刻护佑他的灵魂一直冲向屋顶，冲向安全和放逐。如果帕特里克不在那里了，它如何能找到他呢?

他在圣纳泽尔的最后一晚，狂风暴雨肆虐，成排闪电撕裂了重叠的乌云，使黑暗凹陷的山谷在光亮中颤抖。起初肥大的热带雨点在尘土覆盖的地上击打出一个个洞来，但很快小溪流就飞淌下倾斜的小路，小瀑布在葡萄园田上一层层流淌下来。帕特里克走在外面温暖的大雨里，感到要疯了。他知道自己必须终止与这块地方有魔力的联系，但是暴雨的电闪雷鸣使一个孩子旧时的情绪复活了，好似同样厚实的钢琴线，遭到雷电和倾盆大雨的敲打，穿越了他的身体和土地。雨水在他脸上流淌，不再需要泪水，头上天空炸裂开来，也不需要他来哭喊，他站在车道上，最后在浑浊的泥水坑洼、新的雨水冲刷声和淋湿的迷迭香气息中，跌坐在地上，被自己无法放弃的东西压垮了，在砂砾和泥土中一动不动地坐着。分叉的闪电像天线那样落在石灰岩山上，在一刹那的闪光中，他看见了在他与车道边墙之间的地上有个东西，他在模糊的光亮中集中注意力，发现一只癞蛤蟆大胆地从月桂树丛那边的水域跑了出来，帕特里克猜它整个夏天都在那里等待着这场雨，现在正满心感激地停留在两洼水之间的泥地上。他们坐在彼此面前，一动不动。

帕特里克想起每个春天在石池子底部都能看到的癞蛤蟆的白色尸身。在它们耗尽的身体旁边，成百只柔软的黑色小蝌蚪贴近池边上的灰绿色水藻，或者游动着穿越池塘，或者流淌进水沟。这些水沟位于水源和山谷溪流之间，将水从一个水池送往另一个水池。有些蝌蚪疲软地滑下斜坡，有些拼命逆流游动。罗伯特和托马斯每个复活节都要花去好几个小时清除一个夜晚就形成的土堆，当水道被覆盖的那部分堵塞住，低处水池旁边的草被水冲走，他们就会用双手捧起搁浅的蝌蚪。帕特里克记得儿时也做过同样的事情，记得当他从自己淌水的手指间将这些蝌蚪放进水池的安全之地时曾经感到的巨大的怜悯之心。

那时候，春天的夜晚会有青蛙的合唱，白天，半月形的水池上牛蛙坐在睡莲叶上，就像吹泡泡糖那样鼓胀着；但是在这块土地给予他的想象的庇护系统中，真正重要的是幸运的树蛙。如果他能够碰触到一只，那一切都会好起来。树蛙很难找到，它们脚上的吸盘意味着它们可以挂在树的任何地方，隐蔽在一张新树叶或者未成熟的鲜绿色无花果下面。如果他的确见到一只这种小小的青蛙，固定在灰色的光滑树皮上，明亮的蛙皮伸展在清晰的骨骼上，在他眼里看来就像是跳动的珠宝。他会伸出食指，轻轻地触摸一下，为了好运。这也许只发生过一次，但他却想过上千次。

他心里记着那个充满活力和跃跃欲试的姿势，现在略带疑惑地观看着面前这只湿透了的蛤蟆鼓鼓囊囊的脑袋，同时又想起自己那本高阶阿登版《李尔王》的注释中谈到了蛤蟆脑袋里的珠宝，那是隐藏在丑陋、泥污和令人厌恶的经历中的宝藏的标志。总有一天他不需要迷信也能活下去，但现在还不行。他伸出手去触摸蛤蟆的脑袋，感到了儿时曾经有过的那种敬畏，但是再次意识到他将要失去什么，又感到一种强烈的无可奈何。神话疯狂的融合营造出了过度的意义，可能随时会翻转进入一个毫无意义的世界。他缩回手来，就像一个人在异域长途旅行之后回到城里的寓所那熟悉的暧昧气氛，他意识到自己已经是个中年人，在暴风雨中怪异地坐在泥污的车道上，尝试与一只蛤蟆沟通。他僵硬地站起身来，无精打采地走回房子，真切地感到极其沮丧，但依旧踢着一洼洼的水坑，对自己无用的长大成人表示蔑视。

埃莉诺已经把圣纳泽尔送了人，但至少一开始是她提供了这块地方，即使只是以一种大而笨重的东西来替代她，是一个为她的无能为力提供补偿的家乡。在某种意义上，它的可爱是个诱饵，杏花枝条向万里无云的天空伸展，尚未开花的鸢尾就像饱蘸蓝色颜料的画笔，清澄的琥珀树脂在樱桃树青铜色的树皮上流淌——这全是诱饵，他必须停止想这些。一个孩子需要保护，会从手中有的任何材料中拼凑出一个体系，无论那多么具有仪式感且稀奇古怪。那也可能是扫帚间的一只蜘蛛，或者公寓街区对面出现了一位邻居，或者在前门和学校大门之间红色车辆的数目，承担了爱与宽慰的重负。在他的情形中，那是法国的一个山坡，他的家从山坡顶上黑黝黝的松树林一直延伸至山脚下溪流旁生长的淡绿色竹林，中间是葡萄田地，葡萄新枝条在整个冬天看上去都像锈铁似的扭曲枝干上绽开，橄榄树在舒缓的风中来回变换着颜色，从绿到灰再从灰到绿。半山坡上是一幢幢房屋和丝柏树，还有水池构成的网络，他曾经在那里体会到最大的恐惧，又自我安慰地找到了最为牵强的心情缓解。甚至房子对面陡峭的山坡都被他的想象神圣化，不仅仅是因为那些在山峰上挺进的树木的阵列。后来，它对人类侵犯的抵御变成了他自己不那么可靠的冷漠超然的形象。

在某个地方待了一辈子之后，没有谁会在离开之后不去想念它。可怜的假象、推测、替代和错位是任何心灵与其习惯的周遭环境之间必然交往的一部分，但是他与此同时产生的病态的紧张感使得看透它们事关生死。活着而没有安慰，或者没有对安慰的欲望，那会是什么样的？他永远也不会知道，除非他连根拔除安慰的体系，这个体系在圣纳泽尔的山坡上开始，随后扩展至此后他遭遇的每一个药箱、床和瓶瓶罐罐等；替代品的替代品：体系总是比其内容更加要紧，而心灵活动则更重要。如果记忆只不过是记忆，没有任何安慰或迫害力量的话，那会怎么样呢？记忆会存在吗，或者只不过是情绪的压力，从迄今全都只是潜在的经验召唤出来？即使如此，肯定有比惊恐、怨恨和支离破碎的怀旧情绪更好的图书馆员在昏暗拥挤的藏书架中搜寻。

正常的慷慨出自要给予别人一些东西的愿望，埃莉诺的慈善出自要将一切给予任何人的愿望。这种冲动的来源是复杂的，有被剥夺继承权的女儿的重样综合征；有对物质主义的拒绝和对她母亲的世界之势利的蔑视；有对拥有不管多少金钱的基本羞辱感，一种无意识的冲动要使她的净价值和自我价值融合成完美的零。但是除了所有这些负面的力量，还有姨婆弗吉尼亚·琼森令人振奋的先例。埃莉诺心怀对一位长辈的罕见热情，曾经告诉过帕特里克一切有关弗吉尼亚乐善好施的行为；她如何改变了众多人的生活，表现出一种强烈的忘我精神，那常常比人们公开的自私自利更加执着。

弗吉尼亚的丈夫于 1901 年去世时，她已经失去了两个儿子，在接下来的二十五年内，她以自己悲痛的慈善事业摧毁了琼森家一半的家产。1903年，她赠予托马斯·J. 琼森基金会两千万美元，在遗嘱中又加赠二千五百万，当时这些都是罕见的巨款，并非像今天一位才能平庸的对冲基金经理在圣诞节收到的奖金那样。她还收藏提香、鲁本斯、凡·戴克、伦勃朗、丁托列托、哈尔斯、布龙齐诺、洛伦佐·迪·克雷蒂、牟利罗、委拉斯开兹、勒布伦、庚斯博罗、罗姆尼和波提切利的画作，将其赠送给克利夫兰艺术博物馆的琼森展厅。埃莉诺对这一文化遗产最不感兴趣，因为太像发生在琼森家族她这一支上的私人收藏狂热。她真正欣赏的是弗吉尼亚的善事，她建造的医院和青年会大厦，尤其是她在一块四百英亩的土地上建造的新城镇，希望通过为穷人提供理想的住房来清除克利夫兰的贫民窟。这地方取名友谊城，借用了她在纽波特的度夏宫殿的名称。它于1926年完工后，弗吉尼亚在《友谊信使》上致信它的第一批居民表示“问候”。

> 早上好。太阳是否更加灿烂，
> 在这友谊之城？空气是否更加清新？
> 你们的家是否更加甜蜜？你们的家务活
> 略微轻松一些？孩子们——
> 你们是否为他们感到更加安全？他们的脸庞是否

更加健康；他们的步伐是否更稳健？

他们在友谊城是否笑得更欢玩得更快乐？

那么我就满足了。

埃莉诺认为这位俄亥俄的维多利亚女王身上有种深深打动人的东西，她是个脸庞肥胖的小女人，总是一身黑衣，总是深居简出，不为自己的慈善行为寻求个人的荣耀，而是受到深厚的宗教信仰的驱使，一直到最后还在用她死去的几个儿子的名字给街道命名——她的阿尔伯特有自己的大道，她的谢尔顿在友谊城里更加安全、对儿童友好的区域有他的小街。

同时，琼森姐妹与她们的弗吉尼亚伯母之间关系冷淡，这也表明在她侄女们看来，她没有在普度众生与兼顾家人之间找到恰当的平衡。姐妹们认为，要说是有谁该把琼森家的钱施舍出去，那也该是她们，而不是这位嫁了她们伯伯托马斯的一位穷光蛋牧师的女儿。弗吉尼亚在遗嘱中给她们每人留下了十万美元，哪怕是她朋友的待遇也比这好些。她赠与一家信托基金会二百五十万美元，为六十九位朋友提供终身年金。帕特里克怀疑弗吉尼亚有本领令埃莉诺的母亲和她的姨母们恼火，这才是埃莉诺私底下崇拜她这位伯祖母的原因。她同弗吉尼亚摆脱了财富王朝的野心，在她们看来，金钱是上帝的信赖，必须用来为世界行善。帕特里克希望埃莉诺在护理院发疯般沉默无语的时刻，至少有时曾经梦想过，她可能会在这位先去的伟大的琼森慈善家身边占有一席之地。

弗吉尼亚对琼森姐妹们之所以吝啬，无疑也是因为知道她的小叔子会给她们每人留下一笔巨大的财富。

然而，到了她们这一代，富有的惊喜已经因为被剥夺继承权的惊恐以及慈善的讽刺性而罩上了阴影。弗吉尼亚死后两年就是 1929 年的大崩溃，穷人变得一贫如洗，白人中产阶级比过去穷了许多，他们逃到内地城市，寻求友谊城那半木质结构房屋的舒适温馨，即使弗吉尼亚建造这座城市是为了纪念那位是“黑鬼种族之友”的丈夫。

埃莉诺友谊的对象是比黑鬼种族更为含糊的某种东西。“与凯尔特曙光新萨满复兴为友”似乎不大可能产生具体的社会进步。帕特里克童年时，她慈善的重心更加近似弗吉尼亚的善行，只不过大部分倾注于儿童而已。他常常被留下来同父亲单独待在一起，埃莉诺去参加拯救儿童基金会的委员会会议，埃莉诺的真诚面目绝对摈弃了嘲讽，为她行为之盲目的讽刺性营造了一个黑色市场。后来是托特利神父和他那些那不勒斯街头顽童成为她捉摸不定的慈善的对象，帕特里克不由得认为这种想要拯救天下儿童的热诚是下意识地承认她无法拯救自己的孩子。可怜的埃莉诺，她是有多么害怕啊。帕特里克突然想要保护她。

帕特里克的童年结束时，埃莉诺自己无法言传的童年回声也消失了，她不再支持儿童慈善事业，而是启动了新纪元运动探索的第二个青春焕发期。她表现出拯救儿童时同样以一概全的天才，不过这次她的身份认同危机不再仅仅是全球性的，还是跨星际和涵盖全宇宙的，而且丝毫也不会陷入自我认识的抵制机制。她对“宇宙的能量”并不陌生，却一直是自己的陌生人。帕特里克无法假装赞同涉及他母亲所有财产的任何慈善赠与，而且一旦这变得不可挽回，财产全都去了超个人基金会的口袋，那就更令人惋惜了。

弗吉尼亚伯母也不会同意的。她想要给人类带去实在的好处，她对埃莉诺的影响是间接的，但很强大，而且同所有其他影响一样，都是出自母亲的家庭。帕特里克有时觉得琼森家的男人就像那种个头瘦小的雄性蜘蛛一样，在被自己个头大得多的雌性吃掉之前赶紧放弃自己唯一重要的责任。老祖宗的两个儿子留下了两位遗孀：弗吉尼亚是行善的寡妇，还有埃莉诺的祖母，是善于缔结良缘的寡妇，她第二次婚姻是嫁给一位英国伯爵，为她的三个女儿开启了令人目眩的社交和婚姻事业。帕特里克知道南希想要写一本书谈谈琼森家最后的二十年，她丝毫没有令人厌烦地故作谦虚，对他说："我的意思是，那会比亨利·詹姆斯和伊迪丝·华顿这些人好得多，因为**千真万确**发生过。"

娶了琼森家女人做太太的男人日子也不会比老祖宗的儿子们过得更好，埃莉诺的父亲和姨父弗拉基米尔两人都是酒鬼，因为娶到了自以为想要的女继承人而变成了软骨头。他们的结局就是一起坐在怀特酒吧，喝上一杯高价酒来抚慰自己的创伤：离了婚，被抛弃，同孩子分离。埃莉诺从小就好奇一位女继承人如何能够避免毁灭同自己结婚的男人，除非他本人已经坏到无法再坏，或者有钱到可以免疫。她从第一类人中挑选了一个，嫁了戴维，但是他的恶毒和骄傲从一开始就叫人印象深刻，却依旧因为必须靠老婆的钱过日子这样的羞辱而被放得更大。

帕特里克并不像那些因为婚姻而被琼森家阉割的男人，但他出生在这样一个母系社会里，从自己几乎不认识的一位外祖母那里获得了钱财。母亲剥夺了他的继承权，却依旧还指望得到他的照看，他也深知其中滋味。这些强势女人在远距离、不涉及个人情感时显得慷慨大方，近距离时却诡计多端，让他形成了看待这种女人的一种基本模式：她们看上去应该是什么样，而实际上又会是什么样。这两者结合产生的欲望的目标就叫做“上流婊”，“上流”是一位日本朋友杜撰的缩略词，表示上流社会，而“上流婊”就是琼森姐妹的化身：光彩夺目、极其善于交际、有花不完的钱来追求享乐、身边堆满了漂亮的物品。好像这还不够似的，她还必须在性事上有很大的胃口，道德上失去方向。他的第一个女友就是这种类型的坯胎形式，他有时还会想起曾经跪在她面前，笼罩在台灯的亮光中，她黑色丝绸睡衣的褶裥层叠闪光，堆在她张开的双腿中间，一条鲜血从她伸出的手臂上流淌下来，她快乐地深深叹息，低声说“太多了，太多了”，骨感的脸庞上细细一层汗珠，他手上拿着针管，这是她第一次注射可卡因。他想尽办法要让她上瘾，但她是另一种类型的吸血鬼，尽情享用那些围着她打转的男人绝望的痴迷，不断吸引越来越多社会地位稳固的崇拜者，希望得到他们那种归属感，尽管她让别人觉得似乎她才是唯一值得拥有的东西，然后她又拂袖离去，令那种归属感在他们眼里变得一钱不值。

在三十岁出头那段时光，他迫不及待地到处追寻失望，结果遇见了伊涅丝，她是上流婊中的西斯廷教堂。她有成堆的情人，却要求每一位情人都绝对属于她一人，这是她无法从她丈夫那里获得的条件，但却成功地从帕特里克那里强求到了。他离开了当时同居的相对而言更正常更慷慨的女人，一头栽入伊涅丝那饥渴的爱的真空。她对情人们的感情完全无动于衷，这使得她的性吸引力成为某种自由落体似的东西。到最后他跳下的悬崖就像格洛斯特[1]被他孝顺的儿子逼迫跳下的那个悬崖一样的平坦乏味：是盲目、惭愧和想象的悬崖，底下并没有参差不齐的岩石。但是她并不知道这一点，他也不知道。

伊涅丝一头卷曲的金发，身材苗条，衣着漂亮，一目了然地全身充满诱惑力，但显而易见，她那双略微突出的蓝眼睛是只知道爱自己的屏幕，只允许精心挑选的一小撮虚假情感在上面闪烁。她随意地模仿某个与别人发生风流关系的人，基于她那些追求者的闲言碎语、消遣过的好莱坞电影，还有她自己精明狡猾的算计，这些猜想可能多愁善感或者尖酸刻薄，但总是通俗和戏剧性的。她对答案全无兴趣，却总是会严肃认真地问“你**还好**吗”。每天问个六、七次。自己多么慷慨大方啊，她总是被这样的想法搞得筋疲力尽，其实筋疲力尽是因为她总是竭尽全力不出让任何东西。“西班牙女王要过生日了，我要去给她买六匹纯种阿拉伯马，”某天她这样宣布，“你不觉得这是个好主意吗？”

1　莎士比亚悲剧《李尔王》中的人物。

“六匹马就够了吗？”帕特里克问。

“你觉得六匹还不够？你知道要多少钱吗？”

他很惊讶她真的买了这些马，等她把马留给自己，他就没那么惊讶了，最后她又把马全都卖回给那位卖马给她的人，他都有点烦了。无论她作为朋友多么叫人发狂，她的天才主要还是表现在浪漫情感的直截了当上面。

“我从来没有过这种感觉。”她会以充满深情的困惑这样说，“我觉得直到现在才有人真正理解我，你知道吗？你知道你对我多么重要吗？”她双眼饱含泪水，几乎屏住呼吸般悄悄地说，“直到现在我才有了回家的感觉。”说着，蜷缩在他强壮的男性怀抱中。

不久之后，伊涅丝就会让他在某个陌生的旅馆白白地等上好多天，自己根本懒得露面。她的社交秘书会每天打两个电话来说她有事耽搁了，但已经在路上了。伊涅丝知道这种撩人的缺席会是最有效的办法，让他一心只惦记着她，却让她能够随心所欲地在安全的距离之外做着同样的事情。如果她躺在他的怀抱中，他反而可能胡思乱想，然而如果他被钉在电话机旁，流失大笔的钱，抛弃所有其他责任，他就会不由自主地时刻想着她。等他们最后真的见面时，她会迫不及待指出这对她是多么难熬，就这样无情地操纵着因为她无尽的计划受挫而导致的痛苦煎熬。

为什么有人会让自己毁于这样的浅薄无聊，除非他心中埋藏的那个处事草率的女人形象在渴望外在形式？迟到、失望、渴望遥不可及的东西：是这些机制将一付有力的母系强心剂变成了一付有力的母亲的沮丧剂。尤其是令人困惑的迟到，直接将他投入早年的失望中：徒劳地在楼梯上等待母亲的到来，唯恐她已经死了。

帕特里克突然感到这些旧日的情感好似一种身体上的压力在压迫他。他手指摸索着领口里面，确定那里没有藏着一个越来越紧的索套。他无法再忍受失望的诱惑了，或者干脆说是宽慰的诱惑——这是一对连体胎儿。他必须想办法超越这两者，从某种意义上来说，他这一辈子都在思念她。他要哀悼的不是亲密情感结束了，而是对亲密情感的渴望结束了。他的渴望是多么徒劳啊，以至于竟然会去将自己消耗在圣纳泽尔的土地上。如果他试图想象任何比自己老家还更深沉的东西，那他也只能见到自己站在那里，拼命想要看见某种捉摸不定的东西，遮挡住眼睛来观看一只蜻蜓中午时不时在炎热的湖水中点水，或者星光在夕阳中微弱地闪烁。

他现在发现失去圣纳泽尔非但没有妨碍他哀悼母亲，反而是唯一可能哀悼母亲的方式。放弃他将母亲置于其中的想象的世界，反倒使他摆脱了那种徒劳的渴望，帮他体会了更加深沉的悲痛。他能够自由地想象，埃莉诺这样一位心存善念的女人，放弃爱他的愿望——他不怀疑她是爱他的——却被迫传递如此多的忧虑和恐惧，她是有多么害怕啊。终于，他能够为她本人而哀悼她，为她是这样一个悲剧人物而哀悼她。

第六章

帕特里克不大知道该对这个仪式有何期待。他母亲去世时，他正好在美国出差，因此强调自己不可能准备好去说或者读任何东西。他让玛丽去着手安排一切。他昨天才从纽约回来，恰好有时间赶上去班雍殡仪馆，现在他坐在玛丽身边的座位上，第一次拿起仪式时间安排表，意识到自己完全没有准备好来如此追溯母亲困惑的一生。小册子前面是一张埃莉诺六十岁左右时的照片，她张开双手好似要拥抱世界，稳稳地戴着墨镜，没人去测量她呼吸中的酒精含量。他犹豫着是否要深入探究；这是一个泥潭，是自从两年前埃莉诺浅尝辄止协助自杀之后，他一直想要回避的事实和情感的堆积。作为一个人，她在身体死亡之前就已经死了，他也试图假装她的生命在真正结束之前就已经结束了，但是无论什么样的期待都无法骗过真实死亡的要求，现在，尴尬和担忧以及想要推脱的愿望夹杂在一起，他倾身向前将时间安排表放回面前的架子上。他很快就会知道是怎么一回事的。

他去美国之前曾经收到布朗和斯通律师事务所的来信，这家事务所是被亲热地称作“三 J”的约翰 · J. 琼森公司[1]的法律顾问，他们被“家族”告知——帕特里克现在怀疑是亨利告诉他们的——埃莉诺 · 梅尔罗斯无法管理自己的事务，鉴于她是祖父创建的信托基金的受益人，而帕特里克又是该基金的最终受益人，应该采取措施为他获得美国律师委托代理来为他母亲管理钱财。之前帕特里克对此一概不知，他再次因为母亲口风这么紧而感到震惊。惊讶之下，他忘了问这笔信托基金的数目，他登上了去纽约的飞机，不知道自己会负责管理二万美元还是二十万美元。

乔 · 里奇和彼得 · 泽尔科夫斯基同他在位于莱辛顿大街上的布朗和斯通事务所会议室里见面，会议室里有一个小号椭圆桌，四面是落地窗户。他以为会看见律师常用的黄绿色小笔记本，结果看见的却是划线的奶油色纸张，事务所的抬头雅致地印在每一页纸张上端。一位助手复印了帕特里克的护照，乔则检查了医生出具的说明埃莉诺不具备能力的信件。

“我对这个信托基金一无所知。”帕特里克说。

---

1 原文为 John J. Jonson Corporation。

“你母亲肯定一直留着这个秘密作为惊喜。”彼得说道，脸上是懒洋洋的微笑。

“可能是吧，”帕特里克宽容地说，“基金的收入会去哪里？”

“现在我们是寄给……”彼得翻开一页纸张，“超个人协会在法国拉考斯特科特迪瓦大众银行的账户。”

“呵，你们立刻停止这样做。”帕特里克说。

“喔， 别急，”乔说，“我们先要给你办一个律师委托书。”

“难怪她不肯告诉我，”帕特里克说，“因为她一直在资助自己宠爱的法国慈善事业，而我却为她在伦敦的护理院费用买单。”

“也许她在有机会修改指示之前就失去了这样做的能力。”彼得说，他似乎打定主意要让帕特里克有位慈爱的母亲。

“这封信没问题，”乔说，“我们要让你签署一些文件，再去公证一下。”

“我们现在谈的是多少钱？”帕特里克问。

“这不是琼森家很大一笔信托，而且还因为最近股市的调整措施受到影响。”乔说。

“希望今后不再受到影响。”帕特里克说。

“我们最新的估值，”彼得说，看了一眼笔记，“是二百三十万美元，每年收入约八万。”

“哦，总还是有用的一笔钱。”帕特里克说，想要听上去有点失望。

“足够买一幢乡村别墅了！”彼得荒谬地模仿英国口音说，“我猜那边的房价已经高得离谱了。”

“足够再买一间房。”帕特里克说，引起彼得有礼貌的一阵笑，尽管实际上帕特里克现在最想要的就是将卧室同起居室分开。

帕特里克沿着莱辛顿大街走向他在格拉梅西公园的酒店，开始调整自己去适应好运气。曾祖父在帕特里克出生半个世纪多之前就已经去世，现在他的长手臂将会把他拉出那拥挤的住宅，让他找到一个像样的住处，孩子们可以有自己的房间，朋友们也能来玩。同时，还能付清母亲护理院的费用。想到这样一个道地的陌生人竟然会对他的生活产生如此大的威力，简直令人困惑。是这位陌生人的父亲1832年在克利夫兰成立的琼森蜡烛公司，到了1845年，它已经成为美国最赚钱的蜡烛公司之一。帕特里克还记得读到这位创始人对自己成功的平淡无味的解释：“我们找到了一种新的蒸馏出廉价油脂的方法，而我们的竞争对手却使用很贵的动物油脂。蜡烛销量高，好多年我们的效益都很好。”后来蜡烛工厂分成了石蜡、油处理、硬化处理工厂，开发的一种专利产品成为全世界干洗业不可缺少的成分。琼森家还在旧金山、丹佛、堪萨斯城、托莱多、印第安纳波利斯、芝加哥、纽约、特立尼达和波多黎各购买了房地产。但是财富还是来源于创始人的讲究实际，他“以身殉职”，从自家工厂的一个天窗掉了下去；也来源于那些“廉价油脂”，它在被发现一百七十年之后还在滋润着一位后代的生活。

埃莉诺的外祖父小约翰·J. 琼森终于结婚时已经六十岁了，此前他一直在全世界旅行，为家族新兴的产业效劳，只是因为侄儿谢尔顿在圣保罗学校一次雪橇滑雪事故中不幸身亡才被召回。他的大侄儿阿尔伯特一年前已在哈佛死于肺病，琼森家的财产后继无人，谢尔顿悲伤的父亲托马斯告诉弟弟，结婚是他的职责。约翰接受了自己的命运，他在短暂地追求一位将军的女儿之后同她结了婚，搬去纽约。他很快就接连做了三个女儿的父亲，然后死了，但此前还是设立了许多托管基金，其中之一转弯抹角到了帕特里克手中，如他那天下午所发现的那样。

这种经久不衰的善意意味着什么呢？对于使得一位富翁能够让他所有的后代在此后几乎二百年中都不需要干活的社会契

约又意味着什么呢？被越来越遥远的祖先救了一命，似乎有点不那么体面。当他用完了一位他几乎不认识的祖母赠与的钱财之后，钱又从一位他根本不可能认识的曾祖父那里来了。他都无法从一大堆早年模糊不清的老照片中找到这个人的脸庞，因此只能对他心怀抽象的感激。伟大祖先带来的动力的讽刺性正如埃莉诺或她的伯祖母弗吉尼亚倡导的慈善事业的讽刺性一样强。无疑他的曾祖母和曾祖父曾经希望扶持一位参议员，丰富一个大的艺术收藏或者赞助一门光宗耀祖的婚姻，但最终他们也只是资助了懒散、酗酒、背信弃义和离婚。那么税收的讽刺性是否更好一些呢：募捐钱财资助学校、医院、道路和桥梁，结果又把它用于在自我毁灭的战争中炸毁学校、医院、道路和桥梁。要在这些将财富易手的各种稀奇古怪的手段中挑选一种还不容易呢，但是至少现在他要去享受一把受惠于美国资本主义特殊形式的快乐了。只有在美国这种摆脱了长子继承权的财产集中和平等主义的拉平措施的国家里，一个家族的第五代才能依旧从基本上是 1930 年代发的财中分得一羹。他走回自己昏暗且有股怪味的酒店时，既心怀愉悦，同时也不以为然，酒店有点像电影场景中一家昂贵的西班牙妓院，地毯上缝有房间号码，仿佛唯恐客人在几乎喝大之后会找不着北，只好四脚着地从昏暗的走廊爬回房间似的。

他回到自己天鹅绒珠宝盒子一般的房间时，电话铃声正在响，醉酒后的感觉加上羊皮灯罩，使房间笼罩在尿黄色的浑浊灯光中。他摸索着走到床头柜旁，小腿胫骨缠在一把椅子弯曲的腿里，椅子设计样式模仿斗牛士外套那种阴柔男子的气概，巨大的护肩骄傲地从僵硬的椅背上突出来。

“操！”他拿起电话时骂了一声。

“你没事吧？”玛丽说。

“哦，嗨，对不起，是你啊。我刚才被这把该死的斗牛士椅子绊住了，他们在前台应该发放儿童头盔才是。”

“告诉你，我刚才得到一个不好的消息。”她停顿了一下。

帕特里克靠在枕头上，直觉地知道她要说什么。

“埃莉诺昨晚走了。很遗憾。”

“真是解脱了，”帕特里克挑衅似的说，“这一大堆事情……”

“是，还有其他事情。”玛丽说，似乎准备先一股脑全接受下来。

他们约好早上再谈。帕特里克迫不及待地想要一个人待着，同时又迫不及待地不想一个人待着。他打开冰柜里的迷你吧，交叉双腿坐在地板上，看着冰箱门内的一排迷你酒瓶，在小小白色冰柜的灯光中闪光。在架子上，酒杯旁边是巧克力、豆形软糖、咸味坚果，专为款待和贿赂疲倦的身体和不满足的孩子预备的。他关上冰箱，关上橱柜门，小心地爬上红色天鹅绒沙发，尽量避免碰着那把斗牛士椅子。

他必须记住仅仅一年之前，幻觉还像导弹进入被困的城堡似的砸入他无助的大脑。他在沙发上躺下，抓起一个绣满花的枕头贴在已经开始疼痛的肚皮上，毫不费力地滑入了他在普利奥里小病房里神志不清的状态。他记得曾经听到金属钻头的声音，飞蛾翅膀在纱窗上扑腾的声音，或者是霍霍磨刀声，或者是浪潮退下时鹅卵石的碰击声，就好像这些全都在他房间里，或者说好似他与这些声音处于同一个地方。一块破裂的岩石布满石英条状的闪光，常常躺在他的床脚下，蓝色的龙虾用敏感的触角摸索着壁脚板的边缘。有时是整个场景淹没了他。例如他会想象刹车的灯光在一条湿淋淋的道路上倾泻、汽车内烟雾腾腾、音乐熟悉的脉动节奏、一大滴水从挡风玻璃上滚下，并且感觉这种气氛是他所知的最深沉的东西。这种强迫性的白日梦中缺少叙述性，引进了一种更加秘密的联系感。不是慢吞吞地按部就班走过荒漠般的地板，而是一头栽进了一团团孤独的发光生物照亮海洋的夜晚。他从这些状态中冒出头来，无法想象自己如何能够对抑郁症小组的人们描述这种纠缠不去的威力，渴望着早餐时吃的安定片。

只消连续几个月酗酒，他就能召回所有那些状态，不仅是伴随早期戒断而来的有毒、鬼鬼祟祟、具有碎裂效果的反射，以及接下来两周谨小慎微的谵妄，而且还有所有的小组理疗。他依然记得，在酒精和药物成瘾小组的第三天，他想着要跳出窗外，此时来了一位资深病人分享他的经验、力量和希望，带着早期复原的颤抖的欣喜。他穿着讲究、从前嗜喝加了甲基苯丙胺的酒，头发花白，手指因为吸烟变黄，他引用了一位比他还资深的病人所说的聪明话——当他最早“开始恢复”时，此人已经“在房间里了”：“恐惧在敲门！”（停顿）“勇气去应门！”（停顿）“结果没有人！”（长久停顿）。他还能引用更多抑郁症小组那位苏格兰管理员的话，招人喜爱地记得住投射的威力：“你已经得到了你看到的东西，你看到了你已经得到的东西。”还要再考虑其他病人的“崩溃深渊”，例如：那人醒来发现自己躺在女朋友身边，却不记得头天晚上用把菜刀切割了她；周末的病人不记得自己用粪便污损了身边手绘的墙纸；一位妇女被截肢，因为她在朋友公寓的水泥地板上拾起的针管被一种吃肉的超级病菌感染了；一位母亲把吓坏了的孩子扔在一个遥远的度假小屋中，因为她要急着去伦敦找毒品贩子，以及无数诸如此类耸人听闻的故事——一时间感到的羞耻在康复的朝圣进程中突然带来“清晰的时刻”。

总之，迷你酒吧已经不是问题。他在普利奥里医院待的几个月有了成效。他深知镇静药是焦虑的前奏，兴奋药是极度疲劳的前奏，安慰剂是失望的前奏，因此他躺在红色丝绒沙发上，没有做任何事情来忘记母亲的死讯。他整晚上都醒着，感觉到不那么逼真的麻木迟钝。清晨五点，他估摸玛丽大概已经从伦敦的学校事务中脱身回家，就往她公寓打了电话，两人约好让她负责安排葬礼事宜。

管风琴沉寂了，打断了帕特里克的白日梦。他从面前狭窄的架子上再次拿起小册子，但是他还没来得及仔细看内容，角落里安放着的扩音器就迸发出一阵音乐声，就在那低沉欢快的黑人嗓音唱响整个葬礼大厅的一刹那，他认出了这首歌[1]。

噢，我一无所有，
一无所有，
没有车，没有骡子，也没有痛苦。
什么都有的人们
房门要上锁，

1 这是美国作曲家乔治·格什温（George Gershwin，1898—1937）1934年为轻歌剧《波吉和贝丝》创作的一首歌曲。

唯恐有人来抢夺。

他们在外拼命挣了更多更多。

到底为什么？

帕特里克看看四周，朝玛丽恶作剧地笑笑，她也笑笑。他突然毫无来由地觉得惭愧，还没有告诉她信托基金的事情。既然现在不再像从前那样“一无所有”，似乎他就不再有资格来欣赏这首歌曲。“更多/为什么？”这种旋律值得多唱唱。

我一无所有，

一无所有。

我有太阳，有月亮，有深深的蓝色海洋。

什么都有的人们，

天天都要祈祷。

你什么都有，似乎也有很多忧虑

不知如何防范魔鬼。

防范魔鬼。

波吉反复强调有钱的罪过，帕特里克觉得有趣，他觉得埃莉诺和弗吉尼亚肯定会赞成。毕竟放高利贷者在成为宇宙主宰之前，是被发配在地狱第七层的。在一阵阵火雨之下，他们的双手永远不停歇，这是对那些一生游手好闲只知剥削他人者之手的惩罚。埃莉诺的境遇即使不像一无所有者那么轻松，而且还要费力去相信那些一无所有者不用防范“魔鬼”这样的妄想，但她肯定还是会赞同波吉的观点。帕特里克再次集中注意力仔细听这首歌的最后一部分。

从来没有费力
去做好人，去做坏人——
去他的！我很快活
我还活着。
噢，我一无所有
一无所有。
我有女朋友，我会歌唱，
日日都在天堂，
(不用抱怨!)
我有女朋友，有我主，有我的歌唱。

“选得好。”帕特里克轻声对玛丽说，感激地点点头。他又拿起仪式安排表，终于准备看内容。

第七章

多么叫人恶心啊，尼古拉斯心想，一个犹太人代表黑鬼表示伤感：你们这些幸运的家伙，你们一无所有，我们却被所有这些国际资本和该死的百老汇热门音乐压垮了。尼古拉斯对自己说，当一个想法不成功时，那就为以后做点打算，写歌的人转来转去总是会抬出天体来。“我看重的东西/就像天上的星星/全都是免费的。”没啥稀奇——人们不会指望找数百万光年之外的一个氢弹去收费。你如果有座位于什罗普郡的登记在册、二级保护、给安妮女王做过嫁妆的漂亮房子，想劝说一位商业银行家来凑够租金都很困难，又不是要他在周末开车去月亮上跑一趟。说什么离伦敦太远，去了那里没什么事情可做，除了胡乱蹦跶两下，浪费氧气。世情如此，泰坦尼克号上百分之六十的头等舱乘客活了下来，百分之二十五的二等舱乘客也活下来了，坐统舱的没人活下来。世界就是这么一回事。“当然心存感激，老爷，”尼古拉斯嘀咕着，“我有深深的蓝色海洋。”

噢，老天，现在又怎么了？那个讨厌的“精神工具箱”跑到讲台上去了。简直没法忍。他在这里做什么？到最后，他也像那个愚蠢的老伊拉·格什温一样矫情。他是来找戴维·梅尔罗斯的。戴维在很多方面都是个微不足道的废物，但是有他在场就有一种稀罕的素质：道地的蔑视。其他人费力地套用着陈词滥调，但是戴维却代表一种对世人看法的绝对鄙视。要维护这种传统还要竭尽全力才是。

在伊拉斯谟斯看来，最有趣的几句话无疑是：**“从来没有费力/去做好人，去做坏人/去他的！我很快活/我还活着。”**这里面当然有尼采，还有卢梭（不可避免地），但也有《金刚经》。波吉不见得读过他们任何一个人，但是根据某一类观念普遍的影响来思想也是合情合理的，什么没有费力，什么自然状态之类，超越基于规则的道义之外而且在某种意义上使道义显得多余。也许葬礼之后他会去见玛丽，她总是那么乐于接纳，他有时也会想到这个。

朱莉娅想着，谢天谢地也有人很高兴一无所有，好让她（还有她遇见的每一个人）可以**多拥有**一些。几乎不可能想出一句话来正能量地使用“够了”这个可怕的词，更别提胡说八道什么“一无所有”了。不过，这首歌同帕特里克的糊涂老妈倒是非常般配，同剥夺继承权的欢快赞歌也很般配。向玛丽脱帽致敬，同往常一样。朱莉娅佩服地叹了口气。她猜帕特里克肯定是感觉太“狂乱”了，没法对付任何具体的事情，只好请求这位圣母玛丽来帮个忙。

真是的，南希想，自己的教父就是了不起的科尔·波特[1]，居然还会去想到格什温兄弟，真是太好笑了。妈妈为何要把他浪费在根本不在乎的埃莉诺身上，而南希才是真正欣赏他才华横溢的人，本来可以一人独占他。并不是说《波吉和贝丝》没有表现出才华，她曾经同汉西和丁基·古腾伯格去过一个盛大的纽约首发仪式，到后台去祝贺每一个人，快乐极了。真正的大明星才不会因为见到一个英俊得不行，虽然有点严重结巴的德国王子而受宠若惊呢，但你还是看得出来有几个合唱团的小女孩一时间还不能肯定究竟是要对他屈膝行礼，闹场革命，还是毒死他的老婆。她绝对会把这个场景写进自己的书里，那真是所有好玩的事情都集中到一起了，不像这个灰不溜

1 科尔·波特（Cole Porter, 1891—1964），美国作曲家，谱写过不少歌曲。

秋的葬礼。埃莉诺让全家人蒙羞，也让她自己蒙羞。

安妮特沿着走廊走向讲台，因为那首直透心灵的奇妙歌曲恰如其分、灵光乍现、恰到好处而感到震撼。昨天她还同谢默思坐在圣纳泽尔露台上他们最喜爱的动力中心（实际上他们已经认定那里是整个地方的心轮所在，想想也是完全有道理的），用一杯红酒来庆祝埃莉诺独一无二的馈赠，谢默思还提到了她与非裔美国人民那不可思议的坚韧纽带。他出席过几次埃莉诺的前世回归仪式，结果发现她曾经是美国内战时期逃跑的奴隶，怀抱一位婴儿，试图跑到废奴主义的北方去。显然她的遭遇非常可怕，只能在夜间行路，寒冷的冬天躲在壕沟里，随时担惊受怕。现在，就在第二天，在埃莉诺的葬礼上，一位显然是奴隶后代的男人正在唱着这些美妙的歌曲。也许——安妮特几乎停下了脚步，因为更多魔术般巧合的前景而激动万分——也许他就是埃莉诺抱着走过壕沟，走过夜晚的那个婴孩，长成了一位嗓音深沉响亮的绝妙男子。这真是美得让人窒息，但是她还有任务要完成，她遗憾地动了一下，让自己从美妙思绪的境界中醒过来，稳稳地站在讲台前，打开了她一直放在衣服口袋里的那几页纸。她的手指摸索着那串她去瞻仰塔尔海姆化身时在圣母米拉礼品店里买的琥珀项链，感觉神秘地受到这位静默的印度妇女的鼓舞。她那无条件慈爱的凝视穿透了她的心灵，令她走上今天仍然在追寻的治愈之路。安妮特开始对出席葬礼的人们说话，声音犹豫徘徊在既要表达痛苦的温柔，音量又要足够大之间。

“首先我要念一首诗，我知道它贴近埃莉诺的心灵，实际上是我介绍她给的，我知道这首诗对她意味着什么。肯定你们很多人都熟悉它，那就是威廉·巴特勒·叶芝的《茵梦湖岛》，”她开始以一种轻快的耳语大声念起来，

> 我现在就要起身，去茵梦湖，
> 在那里造一所小屋，用泥土和
> 　　枝条；
> 种上九排豆苗，还有一个
> 　　蜜蜂的蜂巢，
> 独自居住在嗡嗡蜂鸣的林间空地上。

还不如去订它九个生蚝更高明一些，尼古拉斯想，什么九排豆苗，真是荒唐至极。生蚝一般都是半打或一打一打地订的——据他所知，本来就是半打或一打一打地长在海底的——所以如果一次订九个，那就显得很有范。但是，豆苗一大堆一

大堆地长在莫名其妙的田里，这么娇滴滴地、精确地说什么九排，就显得可笑了。至少，它拼凑出了一种城市分配不和谐的景象，那里面不大可能为什么泥土枝条编造的小屋子和林间空地留有余地。无疑这个精神工具箱以为那个什么“茵梦”是叶芝才华的顶峰，无疑那个什么凯尔特曙光加上它任性的天真和花里胡哨的效果同埃莉诺不食人间烟火的世界观很般配，但是实际上那位爱尔兰民歌诗人是从完全微不足道的紫色迷雾中冒出来，成为贵族理想的代言人的。**“当然在富人鲜花盛开的草坪上/在他那山坡植被的沙沙声中/生活精彩纷呈没有野心的痛苦/流淌着生活直到快乐洋溢。”**叶芝的诗值得记住的就这几行，这样也好，反正他也只记得这几行。这几行诗开启了沉思，有关“心怀怨恨和狂暴”的人们，他们创立伟大的事业，建造宏伟的大厦，但随着时间的流逝伟大的事业变成了特权而已。伟大又怎样呢？**“也许大厦的曾孙，/只不过是耗子而已，即使用铜和大理石建造大厦。”**要不是大家都知道的确有那些闹耗子的大厦，这一行诗倒是有点危险。所以正如叶芝表明，还是一直心怀怨恨和怒气的好，这一点非常重要，这样才能抵御继承所得的荣耀带来的叫人软弱无能的效果。

念到第二段时，安妮特的声音变得加倍痛苦地温柔。

我会在那里得到安宁，因为安宁
　　到来如涓涓细流，
从清晨的雾霭点点滴下，
　　滴到蟋蟀歌唱的地方；
那里午夜一直闪着微光，到中午
　　紫色的光芒闪烁，
到晚间满天红雀展翅飞翔。

安宁的到来如涓涓细流，亨利想着，多么美啊。这几行诗渐渐延长越来越静谧，时差反应越来越深沉，他的脑袋慢慢下沉，一直沉到胸前。他需要喝一杯浓浓的黑咖啡，要不然清晨的雾霭就会完全淹没他的意识。他到这里来是为了埃莉诺，那位在费尔利湖上的埃莉诺，独自划着船，不肯回来，大家都站在岸边喊着："快回来！你母亲在这里！你母亲来了！"她是个害羞的女孩，都不好意思看你的眼睛，但有时也会像只骡子那么固执。

蟋蟀唱歌的地方，帕特里克想，是你同谢默思一起居住的我的老家。他想象着草丛中传来的尖利叫声，知了一只只放声大喊，一波又一波声音震颤，好似干燥土地上热浪蒸腾。

玛丽感到宽慰，帕特里克好像对“一无所有”无所谓，她觉得“茵梦湖”那似是而非的单纯很迷人，令人想到埃莉诺渴望不惜一切代价摒弃黯淡复杂的生活。玛丽不放心的是她请了安妮特发言，但是她能怎么办呢？不可能否认埃莉诺生活的这一面，安妮特比屋子里其他人都更有资格谈论这一点。至少也可以让帕特里克在接下来的几天里有点事情好发发牢骚。她听着安妮特好似唱着催眠曲般念出了“茵梦湖”的最后一段，心里越来越不安。

我现在就要起身，因为日日
　　夜夜
我总是听见湖水低声拍打着
　　岸边；
我站在车道上，或在
　　灰色的人行道上，
我从心灵深处听到湖水声。

安妮特闭上了眼睛，再次去抚摸她的琥珀项链。“唵那哞圣母米拉。”她嘟囔着，再次为自己打气，好接着发言。

“在座诸位肯定都以不同方式了解埃莉诺，很多人认识她的时间远在我之前，”她带着理解的笑容开始，“我只能谈论我认识的埃莉诺，我说的话要对得起她这位了不起的女子，我也希望你们都会在叶芝所谓**内心深处**铭记埃莉诺。但是同时，如果我告诉你们埃莉诺不为大家所知的一面，我请求你们的只是让她进来，接纳她，让她与你们大家心中的埃莉诺融为一体。”

噢，上帝，帕特里克想，让我出去。他想象自己靠一把铁锹和几条双层床木板从地底下消失，《胜利大逃亡》[1]的主题音乐在空中回响。他在火葬场地下狭窄的通道里爬行，然后又发现自己被安妮特那令人发狂的声音拖了回来。

“我第一次同埃莉诺相遇，是我们都柏林妇女击鼓治愈界的一群人应邀去圣纳泽尔。那是她在普罗旺斯的美妙住宅，肯定你们很多人都挺熟悉那里。我们乘坐小巴去，我一眼就看见埃莉诺坐在大池塘的边沿上，双手藏在腿下，竟然像一个孤独的小孩那样看着自己荡下来的鞋子。等我们到了池塘前面，她真的是张开双手欢迎我们。我从来没有忘记那第一印象，正如我认为她从来没有同儿童般的素质失去联系，正是这种素质使

1 1963年拍摄的美国电影，讲述英国战俘从德国集中营逃跑的故事，由查尔斯·布隆森和唐纳德·普勒森斯等人主演。

她如此热情地相信正义能得到伸张，意识能够转变，每个人和每件事情中都能发现善，无论起初看上去埋藏得有多深。”

当然意识可以转变，伊拉斯谟斯心想，但它是什么呢？如果我让电流经过我的身体，或者把鼻子埋在玫瑰花柔软的花瓣里，或者假扮葛丽泰·嘉宝，我是在转变自己的意识；实际上不可能停止转变意识。我无法做到的是描述究竟**其中**有什么：距离太近了，无法看清，太无所不在，无法把握，太透明，无法分辨。

“埃莉诺是我有幸认识的人中最慷慨的一位，你只需要暗示一下需要什么，只要是她力所能及的，她都会迫不及待地抓住机会，好似这会令她，而不是请求帮助的人松一口气。”

帕特里克想象着这样的对话中单纯的魅力：

谢默思：我在想那会多么提升意识啊，嗯，如果能够，比如说，拥有一个自己的小村庄，四周环绕着葡萄园和橄榄林，一个阳光灿烂的地方。

埃莉诺：噢，太好了！我正好有个这样的地方，你想要吗？

谢默思：噢，非常感谢，当然啦，请在这里、这里、这里签名。

埃莉诺：这下放心了，现在我什么都没有了。

“没有什么事情，”安妮特说，“对她来说会过分麻烦。她一生的目标就是为他人服务，她不遗余力努力帮助别人实现梦想，真是令人敬佩。感谢信和明信片曾经从全世界各地如雪片一般飞到基金会来，一位年轻的克罗地亚科学家致力于研究“零能量燃料电池”——别问我那是什么，但它会挽救世界——就是个例子。一位秘鲁考古学家发现了令人惊奇的证据，表明印加人起源于埃及，而且还在继续以他称之为“太阳语言”的方式同祖国的文明继续沟通。一位老太太四十年来一直致力于编纂一部神圣符号的通用字典，恰好只需要一点帮助来完成这部价值不可估量的著作。他们所有人都得到了埃莉诺的帮助。但是千万别以为埃莉诺只关心科学和精神领域的高级阶层，她还是一位讲求实际到不可思议的人，知道厨房扩建对于一个成员不断增加的家庭的重要性，或者汽车对于居住在遥远乡村的朋友的重要性。

那位缺钱用的妹妹呢？南希愤愤地想着。他们先是拿走了她的信用卡，后来又拿走她的支票本，现在她还必须亲自去第五大道上的摩根信托公司取她每个月的零用钱。他们说那是防止她欠债的唯一办法，但是防止她欠债的唯一办法就是多给她一些钱。

“有一位耶稣会的好先生，”安妮特继续说着，“嗯，他其实过去是耶稣会士，虽然我们现在还称他提姆神父。他后来认为天主教教义过于狭隘，我们应该拥抱全世界所有的宗教传统，于是最终成为亚马孙河流域最正宗的部落中被尊为阿亚华瑟拉——巴西萨满——的第一位英国人。总之，埃莉诺早在提姆神父居住在法姆街上时就认识他，他写信给埃莉诺，说他的村里需要一艘摩托艇去当地的贸易场所，当然她像往常一样立刻慷慨地回复，寄了一张支票过去。我永远不会忘记她收到提姆神父回信后脸上的表情。信封内有三根颜色鲜亮的犀鸟羽毛，以及同样色彩丰富的信件，解释说为了感谢她送给阿尤里奥人的礼物，在提姆神父遥远的村庄里举行了一个仪式，吸收她成为该部落的‘彩虹武士’。他说他没有提到她是一位妇女，因为阿尤里奥人‘对女性持有一种未经重构的观点，同我们自己原始教会的观点不无相似之处’，他如果‘承认了自己欺骗'的话，就会'遭遇圣塞巴斯蒂安一样的命运'。他说他准备临死时再忏悔，为了帮助这个部落走向男女性原则之间和谐的新时代。总之，”安妮特叹了一口气，意识到自己脱离了写好的讲稿，但却将此视为获得灵感的迹象，“这对埃莉诺简直具有魔力，她把犀鸟羽毛戴在脖子上，直到最后羽毛全都令人遗憾地脱落下来。有好几个星期，她都一直告诉大家说她是阿尤里奥彩虹武士。她简直就像个小女孩去上一所新的学校，有天回家完全变了样，因为她找到了一位新的好朋友。”尽管发育不良是约翰尼本人的专业领域，他不工作时习惯对外界关闭心理分析的思路，但是埃莉诺这样肆无忌惮地拒绝长大成人，却还是令他不由自主地感到惊讶。他也像别人一样总是免不了引用老好人艾略特的话说“人类不能忍受很多现实”，但如此地逃避现实却是一如既往没有间断的。他记得第一次见到埃莉诺的情景，当时学校放假，帕特里克邀请他去圣纳泽尔，甚至那个时候，她就习惯时不时像幼儿那样说话，这对于摆脱了儿童时代的成年人来说非常令人不安。悲剧在于本来如果坚持五年或者十年一周五天的分析，应当可以大大缓解这个问题。

“埃莉诺就是这样对别人表达善意的。”安妮特说，感觉马上就快到必须结束发言的时间了。她略过数页刚才因为即兴谈到亚马孙流域而没来得及读的话，看了下最后一页提醒自己写了些什么。因为她刚才展开了一种更为探索性的风格，这最后一页令她觉得有点太正规，但是最后一段话里包含了一两件她必须记住要说的事情。

噢，赶快说完拉倒吧，帕特里克心想。查尔斯·布隆森在一个破败的隧道里惊恐万分，黑白斑点狗在铁丝网后吠叫，探照灯在布满裂缝的地面上扫射，但是他很快就会跑过树林，穿着打扮像一位德国办事人员，奔向火车站，身边带着唐纳德·普勒森斯费了不少眼神假造的身份文件。马上就要结束了，他只需要再盯着膝盖看几分钟就行了。

“我想朗诵一小段《梨俱吠陀》，”安妮特说，“当时我在基金会的图书馆，希望找到一本书，能令人想到埃莉诺那不同寻常的精神深度，结果这本书几乎就是直接从书架上跳了出来。”她回到了先前唱歌般的音调：

她追寻那些转去来世者的目标，在将要到来的黎明永恒的更替中她是先来者——乌沙扩展了活者，唤醒了死者……她协调从前灿烂的黎明和现在必须灿烂的黎明，她的范围有多么宽广？她向往古代的清晨，令它们充满光亮；向前投射她的光明，她与将要到来的一切融为一体。

“埃莉诺坚决相信转世轮回，她不仅将痛苦视为精炼的烈火，焚尽人们在获取更高精神进化境界路途上的障碍物，而且她还有幸拥有确实稀罕的品质：具体知道她将如何以及在何处转世轮回。我们在基金会有一个所谓的‘哦! 匣子’，盛装小小的顿悟和领悟，因为此时我们会想到“哦！”我们都有这样的时刻，对吧? 问题在于繁忙的一天过去，它们也溜走了，因此基金会的首席促进员谢默思发明了‘哦! 匣子’，让我们都能写下自己的思想，扔进匣子里，晚上再来与大家分享。”

安妮特很想谈点八卦轶事开个小差，犹豫了几秒钟，索性不管了。“我们有一位萨满实习生，具有某种所谓‘挑战性’的个性，一天有十多个这样要说‘哦！’的时刻，结果很多变成了隐蔽的或不那么隐蔽的对基金会其他人的攻击。有天晚上我们看过了他至少十个这样所谓的顿悟之后，谢默思无比幽默地说：‘你知道，丹尼斯，一个人的“哦！”时刻有时也会是另一个人的“呵呵！”时刻。’我记得埃莉诺直接笑了起来。

我现在还记得她的模样，她掩着嘴，因为她怕笑得太厉害有点刻薄，但她又忍不住。我觉得如果少了那个淘气的咯咯笑声和立即绽开的信任笑容，任何埃莉诺的形象都不算完整。

“总之，”安妮特说，在最后冲击前回过神来，“正如我刚才所说：有一天，在她第一次中风和搬去法国护理院之前，我们在‘哦！匣子’内找到了这个埃莉诺写下的绝妙的小纸条，说她一直在追寻异象，已经知道自己下一辈子还会回到圣纳泽尔来。她会回来当一名年轻的萨满，那时谢默思和我都会很老了，我们会把基金会还给她，正如她曾经将基金会托付给我们，顺应某种‘无缝连续性’。最后我想要请求你们将‘无缝连续性’这个词留存在心里，让我们静默一会儿，祈祷埃莉诺能很快回返。”

安妮特站在讲台后面，低下头来，严肃地呼出一口气，闭上了眼睛。

第八章

玛丽觉得那个“很快回返”有点太过分了。她紧张地瞥了一眼棺材，好似埃莉诺随时都会掀起棺材盖跳将出来，张开双手拥抱世界，带着仪式安排小册子的照片上那种尴尬的戏剧性。她感觉到帕特里克呼之欲出的局促不安，后悔不该请安妮特发言，但是又实在找不出还有谁能发言。埃莉诺刀耕火种的原始社交生活已经摧毁了持续性和深厚的友谊，尤其是在失智的孤独岁月以及与谢默思关系破裂之后。

玛丽也请求了约翰尼来朗读一首诗，甚至还不顾一切地请了伊拉斯谟斯来朗读一段话。南希是唯一的其他人选，但她自怜自爱到歇斯底里，也不大确定究竟什么时候能从纽约过来。能朗读的人数有限，恰好与她挑选的段落的熟悉程度保持平衡（或曰被弄得更糟）。接下来是两大段《圣经》内容，她现在觉得自己简直闷得叫人难忍，竟然会挑选这样两段话。好在也没有谁了解死亡是怎么回事，除了知道它是不可避免的。既然大家都害怕这种不确定的肯定性，或许《圣经》模棱两可的庄严，或者哪怕是安妮特显然更喜欢的缥缈的亚细亚的浩瀚无际，也比刻意表演标新立异要好些。再说，无论有多少花样，埃莉诺毕竟也还是基督徒。

安妮特一坐下，就轮到玛丽去替换她站到前面去。实情是，她觉得自己有点要发疯了。她不大情愿地起身——这种不大情愿狡猾地伪装成迫不及待——从帕特里克身边挤过去。她没有看他的眼睛，一直走到了讲台上。每当她告诉别人自己在众人面前总是感到非常紧张时，他们总是说些叫人非常恼火的话，什么“别忘了呼吸”之类。现在她知道为什么了。首先她觉得自己快要晕倒了，然后她开始念那段排练了一百遍的话，觉得自己几乎要呛住了。[1]

> 我若能说万人的方言，并天使的话语，却没有爱，我就成了鸣的锣、响的钹一般。我若有先知讲道之能，也明白各样的奥秘、各样的知识，而且有全备的信，叫我能够移山，却没有爱，我就算不得什么。我若将所有的周济穷人，又舍己身叫人焚烧，却没有

1 以下《圣经》段落译文均出自中文和合本。

爱，仍然与我无益。

玛丽感到喉头一阵发痒，但她努力坚持着，尽量不去咳嗽。

爱是恒久忍耐，又有恩慈；爱是不嫉妒，爱是不自夸，不张狂，不做害羞的事，不求自己的益处，不轻易发怒，不计算人的恶，不喜欢不义，只喜欢真理；凡事包容，凡事相信，凡事盼望，凡事忍耐。爱是永不止息。

玛丽清了清嗓子，转过头去咳嗽。这下她搞砸了。她情不自禁地觉得这段经文和她突如其来的咳嗽之间有着心理上的联系。今天早上她再读一遍时，觉得这些话简直就是登峰造极地假装谦卑：“爱”吹嘘自己不会吹嘘，“爱”难以置信地自诩不自夸、不张狂。此前这一直都似乎是最高的理想境界，但是现在她又累又紧张，不由自主地觉得这是最狂妄的话之一。她念到什么地方了？她看着手上的纸张，感到一阵恐慌，然后找到了刚才停顿的地方，坚持读下去，感到声音都不像是自己的。

先知讲道之能，终必归于无有；说方言之能，终必停止；知识也终必归于无有。我们现在所知道的有限，先知所讲的也有限，等那完全的来到，这有限的必归于无有了。

我作孩子的时候，话语像孩子，心思像孩子，意念像孩子，既成了人，就把孩子的事丢弃了。我们如今仿佛对着镜子观看，模糊不清，到那时，就要面对面了。我如今所知道的有限，到那时就全知道，如同主知道我一样。

如今常存的有信，有望，有爱；这三样，其中最大的是爱。

伊拉斯谟斯没有在听玛丽朗读圣保罗的《哥林多前书》。安妮特发言之后，他就一直在自顾自思索轮回的学说，这是否能算得上是“道地的胡言乱语”。这个词让他想到了维克托·艾森，他是梅尔罗斯家在六七十年代的哲学朋友。在进行哲学讨论时，在一连串雄辩证明之后，“道地的胡言乱语”这句话总是由他脱口而出，就像地窖突然揭开盖子，冲出了一股咸味。尽管艾森现在已经相当寂寂无闻，没有任何著作存世，但在伊拉斯谟斯的年轻时代，他却是广有影响、自命不凡的公共知识分子。在迫不及待地否定时——这恐怕最终导致了他自己遭到否定——他肯定发现轮回是“道地的胡言乱语”：没有证据、没有记忆、脱离形骸的叙述无法满足帕菲特[1]有关人格的准则。究竟是谁得到轮回？这是一个具有毁灭性力量的问题，除非被问到这个问题的人恰好是个佛教徒。在他看来，答案是“没有谁”。没有谁得到轮回，因为从一开始就没有谁得到轮回。是更加松散的什么东西，类似思想流，获得了人的形态。既不需要灵魂也不需要人格来促成人的生命，只不过是一堆习惯依附于独立存在的空虚概念而已，就像一群着忙乱抓的乘客弄沉一艘他们以为能救命的救生艇，而背景则是始终存在的机会，令人可以溜进真正自然而且并非个人化的闪光的大海。根据这种观念，其实帕菲特和艾森他们才是道地的胡言乱语。但是，伊拉斯谟斯依旧不反对排斥轮回观念，因为没有什么好的理由来相信这事是真的——只要这种排斥隐含的物理主义本身也遭到排斥！毕竟大脑活动与意识之间的相关联系可以是证据，表明大脑是意识的接受体，就像晶体管或者无线电收发器，而非拘囿在脑壳里面展示个人的发电机。那……

1 德里克·帕菲特（Derek Parfit，1942— ），是一位专注于人格同一、理性和道德的英国哲学家。

伊拉斯谟斯感觉到有只手放在他的肩上，轻轻摇着他，思绪被打断了。他的邻座引起他的注意后，指着玛丽，她站在过道上，意味深长地看着他。她对他点点头——他觉得态度有点生硬——示意轮到他了。他抱歉地微笑着起身，一脚踩到了身边那位摇晃他肩膀的女人的脚趾，朝前面走去。他要朗读的段落出自《圣经·启示录》——他更喜欢称之为《蒙昧录》。他在从剑桥来的路上读了一遍，有种古怪的冲动想要造一个时光机器，可以让他给作者带去一本康德的《纯粹理性批判》。

伊拉斯谟斯戴上老花镜，在讲台上展开纸张，努力克制自己的冲动，不要去指出让他将要朗读的著名段落变得扑朔迷离的那个未经验证的臆断。或许他的声音无法饱含必要的敬畏和崇高的感情，但至少可以不显露任何怀疑和气愤的迹象。伊拉斯谟斯内心深处叹了一口气，好似表明自己不想为接下来的事情受到指责，开始着手完成自己的任务。

> 我又看见一个新天新地。因为先前的天地已经过去了。海也不再有了。

南希还在因为刚才那个笨手笨脚的蠢货踩了她一脚气得不行，结果现在他居然提议要把海洋拿走。没有海就意味着不再有海滩，不再有昂蒂布角[1]（尽管现在它完全被毁了），不再有菲诺港[2]（夏天令人难以忍受），不再有棕榈海滩（现在同从前也不一样了）。

我又看见圣城新耶路撒冷由神那里从天而降，

噢，别，别又来个什么耶路撒冷，南希想。难道有一个还不够吗？

预备好了，就如新妇妆饰整齐，等候丈夫。我听见有大声音从宝座出来说，看哪，神的帐幕在人间。他要与人同住，他们要作他的子民，神要亲自与他们同在，作他们的神。神要擦去他们一切的眼泪。不再有死亡，也不再有悲哀、哭号、疼痛，因为以前的事都过去了。

如此朗诵《圣经》让南希有点神经紧张，她不愿意去想死这件事——太沮丧了。在像样的葬礼上都会有一般不大会在私

1 Cap d'Antibes：法国蓝色海岸的一个半岛，有茂密的松林和众多豪宅。

2 Portofino：意大利热那亚省的一个渔村，旅游胜地。

人活动上露面的美妙合唱团，有几乎都没办法请得动的男高音，还有著名的演员或者杰出的头面人物来朗诵。那会让整个事情变得好玩，也就是说你就几乎不会去想到死亡了，哪怕朗诵的内容完全一模一样，因为你会一心一意想要回忆起那个满面倦容的人是什么时候的财务大臣，或者他们演的上一部电影叫什么名字。这就是明星创造的奇迹。她想得越多，就越对埃莉诺这个灰不溜秋的葬礼怒不可遏。为何她要决定火葬？人家都怕火，要买火险。埃及人的金字塔就是个好主意。去那种宏伟巨大、永恒存在的地方，把你所有的东西都藏起来（把别人的东西也藏起来，很多很多东西！），那是成千上万的奴隶建造的，他们自己全都去了无人知晓的坟墓，带走了建造金字塔的所有秘密。如今你却必须付数目惊人的社会保险金给成群结队属于工会的建筑工人，这就是当下的时髦生活。有个大的纪念碑怎么着也比一撮子骨灰装在骨灰罐子里要好得多。

> 坐宝座的说，看哪，我将一切都更新了。又说，你要写上。因这些话是可信的，是真实的。他又对我说，都成了。我是阿拉法，我是俄梅戛，我是初，我是终。我要将生命泉的水白白赐给那口渴的人喝。得胜的，必承受这些为业。我要作他的神，他要作我的儿子。

这些朗诵叫约翰尼不由得想起他在固执己见的年轻时代写过一篇论文，叫作《无所不在与否定：宗教信仰的诱惑》。他直截了当地指出，宗教逆转了我们对人类生存感到害怕的一切事情：我们都会死（我们都将永生）；生活太不公平（将会有绝对完美的公正）；受人欺负孤独无助很可怕（温顺的人必承受地土）；等等。这种逆转必须是彻底的；“生活很不公平，但并不像有时看上去那么不公平”，这么说是没用的。冥界的苍白可能就是它的厄运：经过跳跃性思维，相信了意识在死后不会结束，满冥界不安分的影子都渴望血肉、战役和美酒，那可不是什么值得吹嘘的好事情。阿喀琉斯说过，情愿做地上的奴隶也不要做冥界之王。如果大家都这样想的话，那来世肯定是走向灭绝的。只有能够完美对抗现实的什么东西才能保证完全的诚信。在这篇论文里，约翰尼将对令人沮丧和害怕的现实的否定与无意识在每一位病人身上的作用划了等号。他接着又更加详细地比较了各种精神病的形式以及他认为与其对应的宗教论述，缺点是他对进行这种比较的宗教部分一无所知。他觉得还不如用一万二千个词来一揽子解决世界所有的问题。他将政治压抑同个人压抑牵扯在一起，大致谈了所有有关社会控制的通常观点。这篇论文基本的观点就是真实性是唯一要紧的事情，而宗教信仰却必定妨碍真实性。二十九岁时自己那么不懂世情和自我怀疑，他现在想起来都有点觉得尴尬。他那时还在实习阶段，还没有看过病人，因此对于人的精神的作用比现在更加确定得多。

玛丽请他朗读一首他过去从来没见过的亨利·沃恩[1]的长诗。她说这首诗恰好符合埃莉诺所谓生活是从上帝身边放逐，死亡是回家的观点，相比之下，其他更加轻松的诗歌似乎更传统或者不那么恰当，而玛丽已经决定忠实于埃莉诺玄妙的怀旧观念。在约翰尼看来，给予这些渴望的情绪某种宗教地位只是另一种抵抗形式。无论我们从哪里来，往哪里去（无论这些观点是否有任何意义），重要的是中间的那点事情。正如维特根斯坦所言，“死亡并非生活中的事件：我们活着并非为了体验死亡”。

在过道上相遇时，约翰尼对伊拉斯谟斯微微笑了笑，他把那本《玄学派诗人》摆放在讲台边上，翻到他先前夹了一张出租车发票作书签的地方。他朗读的声音浑厚自信。

> 早年的时光多么幸福，当我
> 在天使般的幼年闪闪发光！

---

1 亨利·沃恩（Henry Vaughan, 1621—1695），英国诗人，神秘主义者。

那时我还没有理解这
指派为我第二次人生历程的地方，
还没有教会我的灵魂去幻想一切
除了白色天体的思想。
那时我离开
第一次爱恋还不到一两英里，
回望那段短短的距离
还能够瞥见一眼他闪光的脸庞；
在某块镀金的云彩或者花朵上
我凝视的灵魂会停留一小时辰光，
在那些更加微弱的荣耀里窥见
永恒的些许影子；
那时我还未教会唇舌将
良心缠绕在罪过的声音上，
还没有让暗黑艺术派遣
给每一种感官不同的罪过，
还能透过这个肉体外套感觉
永恒存在的光束。

尼古拉斯已经开始感到那种特殊的幽闭恐怖，他归之于上小学时曾经被关在附属教堂里。一阵又一阵基督徒的情感偷偷躲藏在他的赞美诗里，甚至都没有过时的拉丁译文给他一点宽慰。他用自己的基督教故事让自己高兴一点："上帝派他唯一的亲生子到人间来解救穷人，结果全打了水漂，正如所有半生不熟的社会主义计划一样；但是后来至高无上的主醒悟过来，派遣尼古拉斯来拯救富人，结果大获全胜。"无疑罗马天主教会有着包括酷刑、宗教裁判、战争和顽固教条的可悲历史，加上比较容易宽恕的淫乱和放纵的历史，会将他这种关键的发展视为异教邪说；但是异教邪说只不过是新的宗教改革秩序的序曲。"尼古拉斯主义"将横扫他那位可怕的美国投资顾问称之为"高净值社区"的地方。同往常一样，要紧的问题是应该如何穿着打扮。作为"后期富豪救赎教会"的大财阀，还是有必要出出风头的。尼古拉斯的思绪回到当年他还是个十岁男孩时，在一个盛大王室婚礼上穿的那身侍从的制服——丝质马裤，银制纽扣，鞋上装饰着搭襻……从那以后他再也没有体验自己有那么重要的感觉。

约翰尼再次努力调整语调来朗读最后一节诗。

啊，我多么渴望回到从前，

再次踏上那远古的小道！

再次抵达平原，

我在那里初次离开辉煌的列车；

从那里启蒙的精神看见

那座棕榈树荫掩映的城市！

但是啊！我的灵魂停顿太久，

醉醺醺地在路上步履蹒跚：——

有些人喜爱往前行，

但是我更情愿朝后移动，

等这骨灰入瓮，

我会以来到时的状态回归。

道地的垃圾，尼古拉斯心想，居然暗指一个人会回到自己来的地方。一个人作出辉煌贡献之后怎么还会同从前一样呢？经过充满诱惑和嘲讽笑声的深谷之后，怎么还会以同样的态度来对待它呢？他低头看看仪式安排表，看来那首沃恩的诗是最后一项朗读了。在那一页纸张底端有个备注，邀请大家仪式结束之后去昂斯洛俱乐部同死者家人一起喝一杯。他本来想推辞的，但是先前一时慷慨大度，竟然答应了陪南希一起去。他四点钟还有个约会，要去切尔西和威斯敏斯特医院看望一位快要死的朋友，实际上挺方便的，就在附近。谢天谢地他已经为这一整天订了辆车；有这么远的距离（六百英尺），你不得不将就一下出租车司机的坏脾气，他们就在富勒姆路一带溜达，却老想着去盖特威克机场或者彭赞斯的价钱。他必须看牢这辆车，要不然南希就会拿它去为自己派上用场。他可能一不小心，就会发现等他步履蹒跚走出医院，感受到那种他知道连最勇敢的护士也会受其影响的“同情心疲劳”，结果发现车去了伯克利广场，南希正在企图哄骗一位摩根信托公司的雇员给她一些现金。她的表兄亨利今天出人意料地也来了，他曾经说过，他和南希都还是小孩时，大家就知道她是“偷窃狂”。小东西总是会无缘无故消失，什么特别的发刷、小孩子玩的珠宝、珍藏的储钱罐等等，最后全跑到南希喜鹊窝一般的卧室去了。父母亲和保姆不得不作出解释，他们开始还有点迂腐，后来就火气越来越大。偷窃不是好事，但是对于南希的诱惑太大了，她因为偷东西和撒谎而接二连三地被寄宿学校开除。打从尼古拉斯认识她那天起，她就一直惦记着别人的东西，认为朋友们和他们家的那些美妙东西她用起来会好得多，她也更配用这些东西。她竭力不去羡慕自己根本不认识的人们的东西，结果是疏远了自己的女仆，因为她老是在厨房里令人心痒痒地唠叨着肥皂剧明星们的生活。她讲述他们庸俗的“悲剧”，用来抚慰因为先前那些不劳而获和可笑生活方式的故事而受到刺激的心灵。

名人们对于老百姓来说无所谓，但对尼古拉斯来说，重要的正是他所谓的“大世界”，也就是极少数人，他们因为家庭背景、外貌或者有趣的才能而值得共进晚餐。南希生来就属于这个大世界，不可能因为她令人讨厌的个性被驱逐出去。一个人还是必须忠于某件事情，既然大世界提供了尔虞我诈的场地，其范围之广除了政治之外其他都无法企及，那尼古拉斯还是要忠于大世界的。

他以捕食者的警觉观察着帕特里克，等待着仪式结束的信号。突然，音响设备又大声活过来了，播放着《飞向月亮》开头响亮的旋律。

> 让我飞向月亮，让我在群星中
>
> 　　玩耍；
>
> 让我看看木星和火星上
>
> 　　春天的模样。

又来了，尼古拉斯想，去他妈的月亮。弗兰克·辛纳屈的声音，毫不费力地流淌着自信，令他走神了，让他想起了五六十年代那种他并未体验到的寻欢作乐。无疑埃莉诺当时也以为自己是快乐的，她把唱机针头放在一张弗兰克·辛纳屈的独唱专辑唱片上，唱片每分钟四十五下呼呼地高速旋转着，唱片封套扔在沾着口红的金酒酒杯和装满烟头的烟灰缸中间，封套的照片上是那张在天蓝色西服的上方狡猾、庸常、笑嘻嘻的脸庞。

他继续盯着帕特里克和玛丽，希望他俩会离开，结果他惊恐地发现动起来的不是埃莉诺的儿子，而是她的棺材，在钢制滑轮上向前朝两块幕布滑动。

那就是说：握着我的手

那就是说：亲爱的吻我！

棺材退到闭着的大幕后面去，消失了。玛丽终于站起身，顺着走廊走过来，帕特里克紧跟在后面。

让我们心中充满歌声，让我不停地
　　歌唱
我只想念你，我一心崇拜和
　　爱恋的人！

那就是说；请务必真心！

那就是说：我爱你。

看见埃莉诺的棺材被机械地吞没，尼古拉斯发现自己意外地感到恼火，他急忙起身，站到走廊里，插在玛丽和帕特里克之间。他蹒跚着上前，手杖急急伸在前面，冲出大门外，进入伦敦的春寒之中。

第九章

帕特里克踏进苍白的天色中，母亲的葬礼终于结束，他松了一口气，但是想到还有个派对，又感到紧张。看见玛丽和约翰尼站在一棵刚刚开花的樱桃树下，他走上前去。

“我这会儿不想跟任何人说活——当然，除了你俩。”他彬彬有礼地加了一句。

“你也用不着跟我们说话。”约翰尼说。

“太好了。”帕特里克说。

“你跟约翰尼说吧。”

“嗯，如果可以的话。你行吗……”

“怎么都可以的。”玛丽说。

“的确。”

他们互相笑了笑，两人都是很有个性的人，这点让他俩都感到好笑。

帕特里克走到约翰尼的车旁，有一架飞机在头上吼叫着、呼啸着。他回头望望刚刚离开的那幢意大利式楼房，钟楼包裹着烟囱，砖砌回廊低矮的拱顶、休眠的玫瑰园、垂柳和青苔覆盖的长凳，构成了一个恰到好处的杰作。

“我自己也想在这里火葬。”帕特里克说。

“不着急。”约翰尼说。

“当然是要等到我死后。”

“好主意。”

第二架飞机在他们头上尖叫着，把两个人赶进了隔音的汽车内。栏杆那边，泰晤士河边，跑步和骑车的人们蹦跶着，打定主意要活下去。

“我觉得我母亲的死是自从……嗯，自从我父亲死之后最好的事情。”帕特里克说。

“不会那么简单的，”约翰尼说，“否则就会有一群群快乐的孤儿在街上蹦蹦跳跳了。”

两人都沉默了。帕特里克没有心思开玩笑，他感到有一种新的活力，但它很容易被习惯抵消，包括貌似聪明的习惯。他像大家一样，居住在这样一个世界上，同样的情感模式一而再再而三地被投射到全封闭房间的四壁上，但是这会儿，他感到将那个忽闪的情景误认作生活是荒唐的。他四十年前的感觉有什么意思，何况还是他曾经拒绝的感觉？危机不在于过去，而在于抓牢过去不放；陷在日落大道一个颓败的宅子里，被迫观看一个受到伤害的自恋者的私家电影。此刻他可以想象踮着脚离开格洛丽亚·斯旺森[1]，经过她那位吓呆了的管家，出门走进当代大街的吼叫嘈杂声中；他能想象整个系统瘫痪，却不知道如果真的瘫痪的话会发生什么。

在火葬场大门外的小环岛，帕特里克看见唐米德路废品回收站的招牌，不由自主地想到埃莉诺是否会被回收。即使没有被拖着经过那时而昏暗时而炫目时而五彩缤纷的曼荼罗的中阴，受到成群愤怒的神祇同饿鬼的怂恿，去获得她活着的时候所逃避的超然境界，可怜的埃莉诺也已经够糊涂的了。

道路经过莫特雷克墓地的围栏，经过哈默史密斯-富勒姆墓地，跨越奇西克大桥，进入对岸的奇西克墓地。占地无数英亩的墓碑嘲笑着房地产商开发河滨的雄心壮志。为什么偏偏死亡要占据这么多空间呢？在虚空的蓝色空气中焚烧，好过在没有阳光的海滩占据一块地方，挤在干巴巴的场地上，指望纠缠的树根与花朵给他们一点渺茫的复活的希望。或许那些得到过好母亲爱抚的人向往大地慈爱的子宫，而那些遭到遗弃和背叛的人则渴望被送去没心没肺的天空。约翰尼可能会有他的专业

1　电影《日落大道》女主角。

意见。压抑是另一种方式的埋葬，在无意识中保存创伤，好似沙漠中埋藏的雕像，鲜明的特征受到保护不会遭受寻常体验的风雨侵蚀。约翰尼对此也可能会有他的意见，但是帕特里克情愿保持沉默。再说了，谁知道无意识是什么？相对于记忆的任何其他形式而言，为何要给它定冠词的权利，使其成为一样东西，一个场所，而记忆的其他部分只不过是功能和过程？

汽车爬上了横跨霍加斯环形岛的狭窄破旧的高架桥，那本来只是临时搭建的，后来却迟迟不肯离开，从帕特里克记事起就一直等待着被替换下来，或许这是交通问题上可与吸烟等同的事情：总是找不到合适的一天来放弃它——明天早上会是交通繁忙时段——周末要到了——让我们等奥运会开完了之后再来——2020 这个数字很可爱，是重新开始的绝妙时间。

“这个叫人伤脑筋的高架桥。”帕特里克说。

“我知道，”约翰尼说，“我总觉得它会垮。”

他并不想说话。内心的独白冲破了表面，最好还是再沉下去，最好重新开始。

重新开始也是从旧开始，并没有什么可以做也没有什么可以开始，只不过是持续不断地表面冲破潜在的表面，就如言语冲破内心独白。为了达到那个言语表达同样的水平线：这就叫“重新”。他能够在身体上感觉得到，好似每一刻他都会停止存在，或继续存在，通过继续存在他得到了更新。

“我刚想到压抑，”帕特里克说，“我并不觉得创伤被压抑住了，你说呢？”

“现在这个是正确的看法，”约翰尼说，“创伤太刻骨铭心，没法忘记，导致分崩离析。”

“那么到底是什么被压抑了呢？”帕特里克问。

“是挑战虚假自我所在之处的无论什么东西。”

“所以还有许多工作可做。”

“成千上万。”约翰尼说。

“但是也许根本没有压抑，没有秘密埋葬，只有生命通过我们发光。”

“理论上说是如此。”约翰尼说。

帕特里克看见了克伦威尔医院熟悉的水泥立面和水蓝色窗户。

“我记得曾经因为扭伤了腰间盘在那里住过一个月，在我父亲死后。”

“我还记得给你额外多带了一些止痛片。”

“我要向他们野心勃勃的酒单致敬，还有充满打斗的阿拉伯电视频道。”帕特里克说，朝那个后野兽派杰作使劲挥挥手。

从格洛斯特路到自然历史博物馆一路上都很畅通，帕特里克提醒自己保持沉默。他这一辈子，或至少从他会说话开始，就总是想要用言辞来冲洗困境。在埃莉诺失去了说话的能力，扎马斯还没有学会说话的时候，帕特里克发现自己身上无法表达的核心拒绝让言辞来冲刷，他曾经尝试用酒精来冲刷。在沉默中，他可能会知道他一直试图用说话和酗酒来抵消的究竟是什么。无法言传的是什么？他只能在词语前的黑暗境界中摸索。

他的身体是被掩埋的情感的墓场；病症聚集在同样的基本恐惧周围，就像他们刚才经过的那一连串墓地聚集在泰晤士河周围。紧张的膀胱，痉挛的结肠，腰背疼痛，不稳定的血压一下子就从正常蹿到危险的高度，只要听见地板咯吱响一声或者想到一个主意。还有主宰这一切的专横的失眠，全都指向深度的焦虑，足以打断他的本能，控制身体的自动程序。行为可以改变，态度可以调整，心态可以转变，但要同婴孩时身体的习惯对话却是件难事，一个婴儿在没有自我可以表达之前如何去表达自己呢？在没有言辞之前如何来表达他还没有的东西呢？只有伤害或者病痛的无声语言大量存在，当然有大声哭喊，如果允许的话。

他记得自己三岁时，在法国，站在游泳池边，看着一池子水，又怕又想，希望知道如何游泳。突然他感到自己被举起离开了地面，高高地抛入空中，恐惧来得缓慢，受到惊吓的心灵感受到厚实的印象，时间凝固了，他使出全部的怀疑和惊恐，身体胡乱动弹，想要远离致命的液体，因为平时别人总警告他不要一不小心掉进去。但他很快就一头栽进那会淹死人的水池里，踢打着浅水，终于冲出水面，吸了一点空气，然后又沉了下去。他手忙脚乱地扑腾着，拼命挣扎，有时吸口气，有时吸口水，直到手指终于勉强摸到了水池边上毛糙的石头，忍不住抽泣起来，尽量不发出声音，因为他知道如果声音太大了，他父亲会做出什么真正狂暴恶毒的事情来。

戴维戴着墨镜，坐着抽雪茄，他偏过身去离帕特里克远一点，面前桌上放着一杯浑浊的茴香酒，他在对尼古拉斯·普拉特吹嘘着他的教育方式：刺激求生的本能；培养自我依赖；对付母亲溺爱的解毒良药；最后，好处是显而易见的，只有群氓的愚蠢和胆怯才能解释为什么人们不把所有三岁的孩子全都扔进游泳池的深水里让他们学会游泳。

罗伯特对祖父的好奇促使帕特里克告诉他这个自己第一堂游泳课的事情，他觉得告诉儿子戴维如何打他、性虐他太麻烦了，但同时又想让罗伯特略微了解一下祖父的严厉。罗伯特被彻底吓到了。

“太可怕了，”他说，“我觉得三岁的人会以为自己要死了。实际上你可能真会死。”他又加了一句，给帕特里克一个安慰的拥抱，好像感觉到那种威胁还没有完全过去似的。

罗伯特的同情刹那间令帕特里克意识到那副解毒良药的真相，过去他曾经认为那相对而言无伤大雅。他几乎无法入睡，一睡着又马上醒来，心里怦怦乱跳。他一直都感到饿，但吃什么都无法消化。他无法消化这样的事实：父亲这人想要他死，情愿让他淹死也不愿教他游泳。这个人曾经吹嘘一枪把某人脑袋打开了花，因为他叫喊得太厉害，他也可能会把帕特里克的脑袋打开花，如果他声音太吵的话。

帕特里克三岁时当然已经会说话了，即使无权说出令他不高兴的究竟是什么事。更早些时候，还没有叙述能力时，他的记忆破碎了，消失了。在那些更加黑暗的领域，仅有的线索居留在他的身体里面，居留在母亲告诉他的关于他很小时候的一两个故事里面。他父亲对尖声喊叫不能容忍又是关键所在，在康沃尔郡那所房子里，在他出生的那个大冬天里，父亲把帕特里克和母亲赶到冰冷的阁楼上去。

他在汽车座位上往后靠了靠，当他意识到自己一直担心被呛死或者扔下去时，他感到这种担心本身就令人窒息和眩晕。如果他问自己年幼是不是命运，也会感到这个问题令人窒息和眩晕。他能感到自己身体的重量以及压在身体上的重量，好似一堵限制人的墙壁，身体被束缚住了，因为后面山坡的压迫而大汗淋漓；这是唯一的路径，同时也勇猛地抵御幼年无形的痛苦。约翰尼可能会称之为前俄底浦斯问题，但无论给一种无名的心神不宁取什么名字，帕特里克都感到他跃跃欲试新生的活力有赖于准备好挖掘那埋葬的感情，并且让它并入当下流动的感觉。他必须更加注意自己能够掌握的些许证据。昨晚上他从一个奇怪和令人不安的梦中醒来，但是现在梦境溜走了，他再也找不回来。

他直觉地知道母亲的去世是一个危机，足以动摇他的防御。将他带到这个世界上来的女人的突然离世是一种转瞬即逝的机会，可以将某种略新的东西带到世界上来。重要的是必须注重实际：当下是过去的顶层，而非像谢默思和安妮特这样的人兜售的新奇狂欢；但是即使略新的东西也可能会处于更加新的什么东西下面。他不能错过自己的机会，否则他的身体就会让他一直生活在它那受到误导的英勇的压力之下，好像一个从未得知已经投降消息的日本士兵，继续在自己那块森林里设置陷阱，为光荣自杀做好准备。

尽管将父亲的残酷上升到杀人级别的“机舱前”令人恶心，但他感到自己更不愿意放弃儿时的观念，即认为母亲是戴维脾气暴躁行为恶毒的共同受害者。其实更深切的真相是，他只是父母彼此虐恋关系中的一个玩具，只有到现在他才有勇气思考这件事情。他一直求助于这样的想法：母亲是位慈爱的女人，竭力想要满足他的需求，而不肯承认她利用他来延伸自己对羞辱的渴望。关于冰冷阁楼的故事有多少是为了自己的目的？它的确强化了埃莉诺作为逃离戴维暴怒和自我毁灭的燃烧弹的难民形象——背后烧伤，怀中抱着婴儿。甚至当他鼓起勇气告诉她，自己曾经被父亲强奸时，她也赶忙说："我也一样。"埃莉诺依仗着自己也是受害者，似乎对她的故事会在其他层面上产生什么影响无动于衷。被窒息、扔下、生于强奸，生下来就是为了被强奸——那有什么关系，只要帕特里克知道她的日子有多么艰难，她自己远远不是迫害者的同谋就行了。当帕特里克问她为何不离开时，她说过害怕戴维会杀了她，但是既然他们在一起生活时他曾经两次试图杀她，那就很难理解为何分开生活会增加这种可能性。真相是——他承认这点时血压就会飙升——她渴望戴维在场的极端暴力，而且还拿她的儿子做了交易。帕特里克想要停车、下车走路；他想要喝一杯威士忌，打一针海洛因，用把手枪对着头上来一下——杀死那个叫喊的人，一了百了，自己做主。他让这些冲动淹没自己，但没有过分在意。

汽车驶进昆斯伯里广场，隔壁是戴高乐中学，帕特里克七岁时曾经在那里度过了双语懈怠的一年。在皇家阿尔伯特音乐厅的颁奖仪式上，他那红色长毛绒的座位上放着一本《塞甘先生的山羊》[1]，他很快就为不幸但英勇的山羊的故事感到痴迷。山羊被阿尔卑斯山上灿烂绽放的花朵吸引，上了高山（“我渴望，我渴望，我想上山去”[2]）。塞甘先生已经有六只羊被狼吃了，不想再失去一只，于是把这只羊主角锁在木棚里，但是小山羊从窗户里爬出去逃跑了，在开遍红蓝黄绿花朵的山坡上兴奋地度过了一整天。然后，太阳开始下山了，他突然注意到在拉长的影子中有一头饥饿瘦狼的剪影，他傲慢地坐在高高的草丛里，打量着他的猎物。山羊知道自己要死了，但还是决定搏斗到黎明（“但愿我坚持到黎明”），低下头来向狼的胸前冲去。他搏斗了一整晚，冲了又冲，直到最后，等太阳升起来，照在对面山上灰色的岩石块上时，他才瘫倒在地上，被吃掉了。帕特里克在维多利亚大道的卧室里每天晚上都读这个故事，每次都伤心得掉泪。

这就是了！昨晚那个奇怪的梦：戴头罩的身影在一群山羊中大步走着，扯起它们的头朝后仰，割开它们的喉咙。帕特里

1　都德作品。

2　仿宋字体部分原文为法语，本段下同。

克自己是这群羊中外围的一只，他怀着必死的心情和堪与那位儿时英雄媲美的蔑视，伸手扯掉了自己的声带，这样杀人犯就不会因为听到他的叫声而得意了。这是另一种形式的狂暴的沉默。他要是有时间琢磨琢磨就好了，他要是自己一个人就好了，这一团印象和关联组成的疙瘩就会在他脚下解开。他的精神在移动；曾经想要隐藏的东西现在想要表露。华莱士·斯蒂文斯[1]说得好："自由好似自杀的人/每晚，不停歇的屠夫，他的屠刀/在鲜血中变得尖利。"他渴望沉默和孤独的绝妙时刻，但是现在却要去参加一个派对。

约翰尼驶进昂斯洛花园，在突然空旷的道路上加起速来。

"我们到了。"他说，慢下来寻找一个靠近俱乐部可以泊车的地方。

1　华莱士·斯蒂文斯（Wallace Stevens，1879—1955），美国诗人。

第十章

凯特尔已经对玛丽解释过她基于原则而不参加埃莉诺葬礼的立场。

“那会是道地的虚伪，”她告诉女儿，“我瞧不起取消继承权这件事，怀着满腔怒火去参加别人的葬礼是不对的。派对又是另外一回事：那是为了支持你同帕特里克。当然我也不否认就在家附近举行派对也是原因之一。”

“那样的话你就可以照看一下两个孩子，”玛丽说，“如果让他们到火葬场来，我的感觉同你对去那里的感觉是一样的。罗伯特同埃莉诺早就没有联系，托马斯从来就不怎么认识她，但我们还是想让他们来参加派对，用轻松一点的方式来纪念这件事。”

“哦，嗯，当然，我很高兴帮忙。”凯特尔说，立即决定要为必须承担一个比她想要逃避的责任还要更加麻烦的责任来报复一下。

玛丽刚刚把孩子送到凯特尔的公寓，凯特尔就开始对罗伯特做起了工作。

“就我个人而言，”她说，“我永远无法原谅你们另一位祖母把法国那所可爱的房子送了人。你们肯定非常想念那里；放假再也去不成了。我猜那里比伦敦更像家，在乡村什么的。”

罗伯特看上去比她希望的更加不开心。

“你怎么能这样说话？说这种话太可怕了。”罗伯特说。

“我只是想表示同情。”凯特尔说。

罗伯特走出厨房，独自去坐在起居室里。他恨凯特尔弄得他觉得自己仍然应该拥有圣纳泽尔。他不再因为想念它而哭泣了，但是依然记得每一个细节。他们能够夺走这个地方，但却无法夺走在他心中的形象。罗伯特闭上眼睛，想起有个刮大风的夜晚同父亲一起走过蝴蝶林回家。树枝嘎吱嘎吱响的声音和鸟叫声被风卷走，消融在飒飒有声的松树中。等他们从树林里走出来，已经差不多深夜了，但他还是能分辨出闪光的葡萄秧苗旋转着从耕耘过的土壤中冒出来，他还看见此生第一颗流星在清朗黑色天空的边缘化成灰烬。

凯特尔说得对：那比伦敦更像家，那是他的第一个家，只能有第一个家，但是现在等他把它留在想象中，它就比过去任何时候都更美。他不想回去，也不想要它回来，因为那会叫人非常失望。

罗伯特哭起来的时候，凯特尔正快步走进起居室，托马斯跟在身后。

“我让安帕罗给你找一部电影，如果你不再发脾气的话，就可以同托马斯一起看电影；她说她的孙儿孙女都喜欢极了。”

“看啊，鲍比，”托马斯说，跑过来给罗伯特看 DVD 碟片盒子，“是一块飞毯。”

罗伯特听见“发脾气”这几个字，觉得太不公平，火冒三丈，但是他又很想看这电影。

“不准我们早上看电影的。”他说。

“嗯，”凯特尔说，“你只要告诉父亲说在做填字游戏就行，或者是什么他会同意的有学问得一塌糊涂的东西。”

“但那不是真话，”托马斯说，“因为我们要看电影。”

“噢，亲爱的，我说什么都不对头，对吧？”凯特尔说，“这个愚蠢的老奶奶要出去一会儿，你会很高兴的。如果你有胆量享受我费了一番功夫为你们安排的招待，那就告诉安帕罗，她会为你们播放的。如果不的话，厨房里有一份《邮报》——我肯定等我回来时你们已经做好填字游戏了。”

这样洋洋得意地讽刺了一顿之后，凯特尔离开了公寓，心里恼火着，两个外孙过于敏感，都被惯坏了。她要去瓦莱丽点心店同前英国驻罗马大使的遗孀一起喝咖啡。说实话，娜塔莎让人烦得不行，总是叨叨詹姆斯会怎么说、詹姆斯会怎么想，好像那还有什么关系似的。但是，同老朋友保持联系也还是很要紧的。

福特豪华轿车接送是玛丽为葬礼挑选的班雍铜牌服务套餐的一项内容。无论是白金服务的四辆老式劳斯莱斯，还是高级维多利亚式服务那四匹精心装扮的黑马和四面玻璃的马车，都无法真的与此相比。福特豪华轿车里还能坐下另外三个人，玛丽尽心尽责地首先挑选了南希，但是尼古拉斯·普拉特自己有辆车，已经答应送南希。最后，玛丽同帕特里克的前情人朱莉娅，她自己的前情人伊拉斯谟斯，还有谢默思的前情人安妮特，三人分享了这辆车。一直都没有人说话，直到轿车死气沉沉慢吞吞地驶上了主街。

“我讨厌悲痛，”朱莉娅说，看了看粉扑盒子里的小镜子，“毁了你的眼线。”

“你喜欢埃莉诺吗？”玛丽问，知道朱莉娅从来懒得搭理她。

“哦，同她没关系，”朱莉娅说，好像说的话不言而喻似的，“你知道眼泪水就是会迸出来，看一个愚蠢的电影，或者参加葬礼，或者在报上读到什么的时候：并不真是因为引起泪水的事情，而是因为积累的痛苦，我猜，生活总的来说就是令人发狂。”

“当然，”玛丽说，“但有时候引发泪水的事情和痛苦是联系在一起的。”

她转过头去，试图与朱莉娅关于悲痛之言的惯常轻浮保持一点距离。她瞥见了一棵玉兰树的粉色花朵映衬在仿都铎式街道旁黑白色半木质建筑立面上。司机为何要取道基尤桥呢？是否绕长路就表明更尊贵呢?

“我今天早上没有画眼线。”伊拉斯谟斯说，带着搞学问的人那种一本正经的诙谐。

“你喜欢的话可以借我的用用。”安妮特说，也加入谈话。

“谢谢你对埃莉诺说的那些好话。”玛丽说，微笑着转向安妮特。

“我只是希望能够对得起一位非常特别的女士。”安妮特说。

“天哪，”朱莉娅说，仔细地重新画上眼线，“这辆车别乱动就好了。”

“她的确是一心向好的人，”玛丽说，“这已经很罕见。”

“啊，意愿。”伊拉斯谟斯说，好像他正在指出从车窗里刚刚能够看见的一个著名瀑布。

“铺好去地狱的路。”朱莉娅说，用她油腻的黑色眼线笔接着画另一只眼睛。

“阿奎那说爱是‘渴望另一人的善’。”伊拉斯谟斯开始了。

“仅仅渴望另一人对我来说已经足够好了，”朱莉娅插话说，“当然，你不会希望别人在街上被车子撞倒或者遭到枪击——总之不会经常这样想。在我看来阿奎那只是说出了不言而喻的事情。一切事情的根源都是欲望。”

“除了遵从、习俗、强迫、隐藏的动机、需要、困惑、变态、原则。”还有这么多其他选择，伊拉斯谟斯悲伤地笑了笑。

“但这些只会产生其他欲望。”

“如果你把一切意思都装进一个词里面，你就剥夺了它所有的意思。”伊拉斯谟斯说。

“嗯，即使你说阿奎那因为说了这话就是个十足的天才，”朱莉娅说，“我也看不出为何‘渴望另一人的善’同渴望别人认为你是个老好人是一回事。”

“埃莉诺并不仅仅想要好，她就是个好人，”安妮特说，“她不像那些空想家一样只会做梦，她是个建设者、移动者和摇动者，使许多人的生活发生了实质性变化。”

“她的确让帕特里克的生活发生了实质性变化。”朱莉娅说，啪的一声关上了粉扑盒子。

朱莉娅竟然觉得自己比别人都更忠实于帕特里克的利益，这让玛丽气得不行。她以忠实回报他的不忠实，这是针对玛丽的一种挑衅，没有伊拉斯谟斯的在场和帕特里克的不在场，朱莉娅绝不会这样做的。

玛丽决定保持冷冰冰的沉默。他们已经到了哈默史密斯，她的愤怒足以让她坚持到切尔西。

南希邀请亨利同她一起坐尼古拉斯的车时，他说他自己有辆车。

“告诉他跟着我们。”尼古拉斯说。

所以亨利的空车就跟着尼古拉斯满载的车从火葬场开到了俱乐部。

“认识的死人远远超过活人，”尼古拉斯说，在宽大的皮制软垫子上放松下来，用电控使座位后倾更靠近南希的膝盖，这样就可以从更方便的角度来对他的客人侃侃而谈了，“虽然纯粹从数量上来说，曾经存在过的所有人无法与当下抓住我们曾经美丽星球表面的那些蛆虫相匹敌。”

“这就是轮回的问题之一：如果现在有的人数超过曾经存在过的人的总数的话，那么该谁轮回呢？”亨利说，“这完全说不通。”

“如果大量原始人像雨点般落在我们头上来享受他们第一轮文明的话，才说得通。这个，我怕是更有可能，”尼古拉斯说，对司机耸起眉毛，给了亨利警示的一瞥，“你是第一次到这里来，对吧？米格尔？”

“是的，尼古拉斯爵士。”米格尔说，快活地笑了笑，是一个习惯了被自己的雇主一天数次变着花样侮辱的人的笑声。

“告诉你说你上辈子是克里奥佩特拉，那没有什么用，对吧？”

“是没用，尼古拉斯爵士。”米格尔说，无法控制自己的快乐。

“关于轮回我不明白的是，为何我们都会忘记一切呢，”南希抱怨道，“那该多好玩啊，如果我们第一次相遇时，说：‘你好吗？自从玛丽-安东在小特里亚农宫举办那个道地恶心的派对以来，我们还没见过面呢！’说些诸如此类的话，好玩的话。我的意思是，如果真有轮回，那就像大范围的老年痴呆症，而每一次生命都只是生动体验焦虑的片刻。我知道我姐姐信这个，但是等到我想问她我们为何会忘记一切时，她却真的得了老年痴呆症，所以再问就显得没策略了，如果你明白我的意思。”

“再生只不过是从素食王国进口的伤感传言，”尼古拉斯很睿智地说，“我们都对春天的复苏印象深刻，但是树木本来就根本没有死亡。”

“你可以在自己在世时得到再生，”亨利平静地说，“有一部分死亡了，进入新的阶段。”

“别谈什么春天了，”尼古拉斯说，“我还是个小孩的时候，就一直处于‘身为自己’的盛夏，我想要一直在高高的草丛里追逐蝴蝶，直到那毫无痛苦的结局突然来临。另一方面，我也知道有些人，例如米格尔，就哭着喊着要从头来过。”

米格尔咯咯笑着，难以置信地摇着头。

“啊，米格尔，他太可恶了，对吧？”南希说。

“是啊，太太。”

“你没有必要同意她，你个蠢货。”尼古拉斯说。

“我还以为埃莉诺是基督徒呢，”亨利说，他不喜欢尼古拉斯那样捉弄仆人，“打哪儿弄来这些复活节的东西？”

“哦，她只是一般意义上的信教。”南希说。

“大多数基督徒至少还明事理，不会去做个什么印度教徒或者苏菲教徒，”尼古拉斯说，“正如苏菲教徒明理，不会去做基督徒。但是说起宗教，埃莉诺就像那些绝妙的鸡尾酒似的，让你好奇到底是什么样的高速公路撞车，才会让人想到去把金酒、白兰地、番茄汁、薄荷甜酒和君度酒一股脑混在一起。”

“嗯，她一直是个好孩子，”亨利大度地说，“总是关心他人。”

“那可以是好事，”尼古拉斯承认道，“要看谁是他人，当然。”

南希在后座上对她表哥微微翻了翻眼睛。她觉得一家人可以彼此乱说坏话，但是外人就应该慎重点。亨利想念起自己的空车来。即使尼古拉斯本人也需要离开自己休息一会儿。等他的车加速经过克伦威尔医院时，大家都心照不宣地沉默了，尼古拉斯闭上了眼睛，养精蓄锐准备对付将要到来的社交场上的折磨。

看完电影后，托马斯坐在一个软垫上，假装在乘坐飞毯。他首先去探望了母亲和父亲，他们在参加祖母的葬礼，他看过死去祖母的照片，觉得自己能记起她，但是母亲又告诉他说他最后一次见到祖母时才两岁，当时她住在法国。他意识到自己是根据照片臆造的记忆，除非他的确是有些模模糊糊地记得她，而照片则照亮了他与祖母之间联系的余烬，好似软绵绵的灰堆中微微闪烁的橘黄色火光。有那么一刻，他的确记得坐在祖母膝上朝她笑着，拍拍她布满皱纹的老脸——他母亲说他对祖母笑了，她真的非常高兴。

飞毯直飞往巴格达，托马斯跳下飞毯，把邪恶的魔法师贾法一脚踢下悬崖，踢进沟里。公主感激万分，送给他一只美洲豹做宠物，一块头巾，中间嵌着红宝石，还有一盏灯，中间住着一个非常能干好玩听话的精灵。精灵正在托马斯头顶的天空中变得越来越大时，他听见前门打开了，凯特尔在前厅招呼安帕罗。

“孩子们乖吗？”

“哦，乖的。他们爱看这电影，就像我的孙女儿一样。”

“嗯，至少这点我做对了，”凯特尔叹口气，“我们要快点；我叫了辆出租车在外面等着，我朋友抱怨了半天，搞得我筋疲力尽，只好一走出点心店就招呼了一辆出租。”

“噢，亲爱的，太遗憾了。”安帕罗说。

“也没办法。”凯特尔坚忍地说。

凯特尔看见托马斯双腿交叉坐在起居室中间那张低矮大桌

旁的软垫子上，罗伯特躺在沙发上看着天花板。

“我正在乘坐飞毯。”托马斯说。

“那样的话，你就用不着我专门为送大家去参加派对叫的那辆破烂出租车了。”

“用不着，”托马斯镇定自如地说，“我自己找得到路。”

他身体前倾，抓住软垫子的两个角，又朝边上倾身，好似急速左转弯一般。

“我们要动身了。”凯特尔说，不耐烦地拍拍手。“让出租车等着已经花了我一大笔钱。你一直看着天花板干什么？”她对罗伯特喝道。

“想事情。”

“别开玩笑了。”

两个孩子跟着凯特尔进了摇摇晃晃笼子一般的老式电梯，到了大楼底层。等她告诉出租车司机要去昂斯洛俱乐部时，似乎已经定下心来，但是此时罗伯特和托马斯都很不高兴，不想说话了。凯特尔感觉到他们不情不愿的情绪，开始询问他们上学的事情。在问了几个乏味的问题，只得到骄傲的沉默作为回应时，她还是忍不住回忆起自己的读书时光：布丽吉特修女对父母不可抵挡的魅力，尤其是碰上父母是大人物时，还有她对女孩们的极端严厉；叫人乐不可支的报告，安娜修女说除非有“神的干预”才能让凯特尔成为数学家。

出租车在富勒姆路上轰隆隆地行驶，凯特尔一路上洋洋得意地贬低着自己，两兄弟沉默不语各想各的，直到车停在俱乐部外面时才回过神来。

“噢，看，老爸在那。”罗伯特说，抢在外祖母前下了出租车。

“别等我。”凯特尔悻悻地说。

“OK。”托马斯说，跟着哥哥下了车，朝父亲跑过去。

“喂，爸爸，”他说，跳进帕特里克的怀抱，“猜我刚才在做什么？我在看《阿拉丁》！不是本·拉登，而是阿拉丁。”他淘气地咯咯笑着，拍着帕特里克的两颊。

帕特里克大笑起来，亲了亲他的前额。

第十一章

帕特里克来到昂斯洛俱乐部大门前，手上还抱着托马斯，罗伯特走在他身旁，他听见尼古拉斯·普拉特在他身后的人行道上高谈阔论的声音，有点远，但很清楚。

“如今名人全是些你从来没听过的人，”尼古拉斯低沉的声音在说，“就好像在一家巴黎咖啡馆里，侍者一边说着‘马上来’一边离你越来越远。马戈的名声属于过去的时代：人们的确知道她是谁！但是她居然写了五部自传，那也未免太过分了。生活是生活，写作是写作，如果你像马戈一样写的话，就好像雨天的一杯水，会稀释你曾经很在行的事情的效果。”

“你太可怕了。”是南希崇拜的声音。

帕特里克回头看见了南希，她挽着尼古拉斯的手臂，走在她另一边的是看上去无精打采的亨利。

“那个好笑的人是谁？”托马斯问。

“他叫尼古拉斯·普拉特。”帕特里克说。

"他就像只非常生气的癞蛤蟆。"托马斯说。帕特里克和罗伯特都大声笑起来，只要不被尼古拉斯听到就好。

"她对我说，"尼古拉斯那矫揉造作的声音继续着，"'我知道这是我第五本书，但好像总是还有很多话要说。'如果一个人开始不说什么，那就总是**会有**很多话要说：什么话都要说。啊，帕特里克，"尼古拉斯打住了，"到了我这个年龄又新认识一家俱乐部，简直太妙了。"他带着夸张的好奇神色看了眼白色柱子上的黄铜牌子。"昂斯洛俱乐部，从来不记得有人提到过它。"

帕特里克冷漠地看着尼古拉斯的表演，心想，他是最后一个，最后一个还活着的我父母亲的朋友，最后一个我小时候来造访圣纳泽尔的客人。乔治·沃特福特和维克托·艾森还有安妮·艾森全都死了，甚至布丽吉特，她比尼古拉斯小那么多，也死了。最好他也马上死掉。帕特里克懒洋洋地收回想要摆脱尼古拉斯的杀人念头。死亡是一种热切的自大狂，不需要鼓励，何况，自由，无论那是什么意思，并不依仗尼古拉斯的死亡，甚至不依仗埃莉诺的死亡。

但是，她的死亡仍然指向了某种父母双亡后的世界，而尼古拉斯恰好挡在路当中。他那精心排练过的蔑视是将帕特里克与他儿时的社交氛围维系在一起的磨损的绳索。帕特里克在苦恼的青年时代最大的同盟总是痛恨尼古拉斯。维克托·艾森的妻子安妮认为围绕着戴维·梅尔罗斯堕落行径的疯狂光环使得尼古拉斯的颓废貌似不可避免，但它其实更像是一种生活格调的选择。

尼古拉斯挺直身体，打量着两个孩子。

“这是你的儿子？”

“罗伯特和托马斯。”帕特里克说，感到自己很不情愿把越来越重的托马斯放在他父亲最后一个活着的朋友身边的路面上。

“真可惜戴维不能在这里享受两个孙儿的天伦之乐了，”尼古拉斯说，“至少他能确保他俩不会整天待在电视机前，他非常担心阴极射线管的威力。我清楚地记得我们看见一些孩子几乎就是在生出一台电视机来，当时他对我说：“想想那些射线对他们小小的生殖器会有什么影响就叫人害怕。”

帕特里克找不到话来说。

“我们进去吧。”亨利果断地说。他对两个孩子笑笑，带着大家进了门。

“我是你的表亲亨利，”他对罗伯特说，“几年前你曾经到缅因州来住在我家。”

“在那个岛上，”罗伯特说，“我记得，我喜欢那个地方。”

“你应该再来。”

帕特里克和托马斯径直走在前面，尼古拉斯就像一头跛足的猎犬跟着只受伤的鸟，一拐一拐地跟随他走过入门大厅的黑白色地砖。他看得出来自己已经搞得帕特里克不开心了，不想失去进一步巩固成果的机会。

“我忍不住要想你父亲会多么喜欢这种场合，”尼古拉斯喘着气说，“不管他作为父亲有什么缺点，你还是必须承认他从来都没有失去过幽默感。”

“不失去你从来没有过的东西，那很容易。”帕特里克说，因为还能发出声音而感到宽慰，结果忘了避免同尼古拉斯打交道的错误。

“噢，我不同意，”尼古拉斯说，“他能看到一切事情好笑的一面。”

“他只能看到压根不好笑的事情好笑的一面，”帕特里克说，“那不叫有幽默感，那只是一种残酷。”

“嗯，残酷和笑声，”尼古拉斯说，在大厅尽头一排铜制挂钩旁挣扎着脱去大衣，“一直是亲密邻居。”

“亲密但不乱伦，”帕特里克说，“总之，我还得去应付那些来哀悼我母亲的人，无论你如何想念我那另一位了不起的亲人。”

一阵纠缠使尼古拉斯的大衣变成了紧身衣，帕特里克趁机回到了俱乐部大门口。

“啊，看，妈妈来了。”他说，终于将托马斯放到棋盘似的地面上，托马斯向玛丽跑去，他跟在后面。

“我讨厌听上去像葛丽泰·嘉宝，但是‘我想一个人待着’。”帕特里克用一种滑稽的瑞典口音[1]说道。

“又来了！”玛丽说，“为什么你一个人待着时没有这些想法呢？你还打电话抱怨不再有人邀请你参加派对。”

“的确，但那时我想着的不是我母亲葬礼后的三明治。喂，我去街边溜一圈，装着抽根烟，我保证一定回来，完全在场。”

“保证，保证。”玛丽说，脸上带着理解的笑容。

帕特里克看见朱莉娅、伊拉斯谟斯和安妮特在玛丽后面进来，感到了社交责任的束缚。他比任何时候都想要离开，同时又意识到没有办法这样做。安妮特看见了大厅那一头的尼古拉斯。

“可怜的尼克，他那件大衣真是给他惹了麻烦。”她说

1 葛丽泰·嘉宝（Greta Garbo）生于瑞典斯德哥尔摩。

道，赶过去帮忙。

“让我帮你一下。”她扯扯尼古拉斯的衣袖，松开了他绞在一起的肩膀。

“谢谢你，”尼古拉斯说，“那个混蛋帕特里克，看见我像只火鸡一样揪成一团，就这么走开了。”

“噢，他肯定不是故意的。”安妮特乐观地说。

约翰尼停好了车，也进来了，增加了把帕特里克推回大厅去的客人的力量。帕特里克被大家共同的重量挤到一边，看见一位有点面熟的灰白头发女人走进俱乐部，她神色极其坚定，正在问大厅看门人是否有埃莉诺·梅尔罗斯的葬礼派对。

他突然想起来在哪里见过她。她和他同时住过普利奥里医院，那次他去拜访贝基前遇见过她。她从前门那里跑到他面前，身穿墨绿色套头衫和一条粗花呢裙子，急切地用过分熟稔的语气开始说话，拦住了他去出口的道路。

“你要走吗？”她问，并没有停下来等待回答，“必须说我不羡慕你，我喜欢这里，我每年都来住一个月，对我好处太大了，让我离开家一阵子。主要是我讨厌死了家里的孩子，他们简直是魔鬼。他们的父亲，我恨透了他，从来不好好管教他们，所以你可以想象他们全都成了什么可怕的东西。当然我也有责任，我的意思是，我有十个月躺在床上一声不吭，等我真的开始说话，又说个不停，因为十个月里积下了一大堆事情。我不知道你是以什么名义住进来的，但是我有点猜得到。不，听我说。如果我的忠告只有一个词，那就是‘阿密曲替林’。妙不可言。我唯一高兴的时候是服用它的时候，以后就一直想弄到它，但是那些混蛋一点都不肯给我。”

“问题是我什么都不想再用。”帕特里克说。

“别那么蠢；那是最神奇的药品。”

他的出租车到来时，她跟着出去走到台阶上。“阿密曲替林，”她叫喊着，好像是他告诉她的这个药名似的，“你好幸运！”

他没有听从她火热的忠告去服用阿密曲替林；事实上在接下来的几个月里，他停掉了奥沙西泮和抗抑郁症药物，也滴酒不沾了。

“真怪，”帕特里克对约翰尼说，他俩正走在通往开派对那个房间的楼梯上，“刚才来了个女人，去年她同我一起住在普利奥里，她是个地地道道的疯子。”

“在那种地方必定会发疯的。”约翰尼说。

“我不会知道的，我是个完全正常的人。”帕特里克说。

“也许太正常了。”约翰尼说。

“就是太他妈正常了。”帕特里克说，在手掌心捶打着拳头。

“幸运的是，在这方面我们能帮助你，”约翰尼说，腔调像一位睿智的慈父般的美国医生，“幸亏有了 Xywyz 这种只使用字母表最后四个字母的突破性药物。”

“难以置信！”帕特里克说，惊叹不已。

约翰尼赶紧声明摆脱干系：“如果你使用水或者其他保湿剂的时候，不要用 Xywyz。副作用可能包括失明、失禁、动脉瘤、肝功能障碍、眩晕、皮疹、抑郁、内出血和猝死。”

“我不管，”帕特里克喊道，“反正我想要，我就是想要。”

两人都沉默了。数十年来他俩都这样即兴表演些小插曲，自从中学时代课间休息在防火楼梯上抽烟以及后来吸大麻时就一直这样。

“她在打听这个派对。”帕特里克说，两人已经走上了楼梯平台。

“也许她认识你母亲。”

“有时最简单的解释就是最好的解释，”帕特里克表示赞同，“虽然她也许是葬礼狂热分子，疯狂地过一把瘾。”

开酒瓶塞的声音使帕特里克想到，在他参加抑郁症小组每日会议之前，那位明智的苏格兰主持人戈登同他面谈过，打那之后已经一年过去了。是戈登让他注意到“藏在酒精后面的醉鬼”。

“你可以减去水果蛋糕里面的白兰地，”他说，“但是你仍旧有水果蛋糕。”

前一晚帕特里克一直处于沸腾的幻觉和周身不适的状况，没有情绪同意任何事情。

“我不认为你可以减去水果蛋糕里面的白兰地，”他说，“或者舒芙蕾里面的蛋，或者大海里的盐。”

“那只是比喻。”戈登说。

“**只是**比喻？”帕特里克呼号着，“比喻就是全部的问题，是梦魇的溶解剂。在事物融化的核心里一切都彼此相似：就是这个叫人恐惧。”

戈登扫了一眼帕特里克的服药时间表，确认他已经服用了最近一次奥沙西泮。

“我真正想问的是，”他继续说下去，“你用药最终为的是什么，如果不是因为抑郁症的话？”

“边缘人格、自恋的狂怒、精神分裂趋势……”帕特里克说了几个似是而非的加项。

戈登的大笑具有治愈效果。“太好了！你肚子里还藏着一些自我意识。”

帕特里克朝楼梯下看看，确认那个阿密曲替林女人不在附近。

"我见过她两次，"他告诉约翰尼，"一次在我开始住院时，一次在住院期间我的情况开始好起来时。第一次她对我大谈阿密曲替林的快乐，但是第二次我们甚至都没有交谈，我只是看见她在对我的抑郁症小组某个人同样夸夸其谈。"

"这么说她是某个为阿密曲替林代言的古代水手了。[1]"

"正是。"

帕特里克清楚地记得第二次看见她的情景，因为那是他住院最关键的一天。他住院前十四天戒毒戒酒导致的谵妄开始让位于一种硬生生的清醒，他独自在花园里待的时间越来越长，不想被淹没在集体就餐的唧唧喳喳声音里，也不想在卧室里多待一分钟。有天他坐在花园最隐蔽的一张长凳上，突然哭起来。那一片苍白的天空或者一棵树的部分枝叶并不能解释他狂喜的美的感受；并没有斑尾林鸽在树上蹦跳，没有遥远的歌剧音乐越过草地传来，也没有番红花在树下颤抖。有什么东西，

1 此处原文为 Ancient Mariner of Amitriptyline，借用了英国诗人柯勒律治（Samuel Taylor Coleridge）的经典诗作《古舟子咏》（*The Ancient Mariner*）。该长诗讲述一位水手杀死了给迷途的船只带路的信天翁，因而受罚，从此见人就要讲述这个信天翁的故事。

无形、无来由地，侵入了他抑郁的目光，像一阵淘金热潮在他疲倦的大脑废墟上延展。他对这种暂时缓解的源头没有控制力，他并没有重新构建抑郁或者对其保持距离；它就是这么让位于另一种存在方式。他感激地哭泣，但同时也懊恼自己无法使这种新的宝贵商品源源不断。他感到了自己心理实感的深度，模糊地意识到它妨碍了自己，但是要拼命抓住缓解自己悲惨状况的任何东西的习惯过于强烈，正当他琢磨如何能捕捉到它并加以利用时，那种在他全身闪烁的无来由的美感消失了。

然后那个阿密曲替林女人出现了，身穿他第一次见到她时那身绿色套头衫和花呢裙。他记得当时自己想她肯定只带了一个小行李箱来。

“但那些混蛋一点不肯给我……”她在对吉尔说，那是帕特里克抑郁症小组一位整天哭哭啼啼的成员。

那天早上开会时吉尔呜咽着跑出去了，因为她建议小组将“上帝”这个词视为绝望的礼物的同义词，结果心怀怨恨的特里怒气冲冲地说：“原谅我，要吐了。”

帕特里克急着避开同这两个女人说话，赶紧躲在一棵雪松伸出来的黑色枝条后面。

“你这幸运的家伙……”有关阿密曲替林的谈话仍在无休无止地继续着。

“但是一点也没给我。”吉尔抗议道，显然感到了上帝的在场，眼泪又在她眼眶里打转。

“上次我看见她时，在一棵雪松树后躲了二十多分钟。”帕特里克对约翰尼解释道，他们走进了一个淡蓝色的房间，高大的落地窗俯视着乏味的公共花园。“我看见她走过来，赶紧藏在一棵树后面，她们坐在我先前坐过的长凳上。”

“你抛弃抑郁症同伴，活该。”约翰尼说。

“我正在体验一场顿悟。”

“噢，嗯……”

“似乎是好久的事情了。”

“你指顿悟还是医院？”

“两者，”帕特里克说，“或者说至少在那个女人出现之前。”

“也许当你需要离开疯人院的时候，灵感就会来到。楼下那个疯子也许是种催化剂。”

“任何东西都可能是催化剂，”帕特里克说，“任何事情都可能是证据，任何事情都可能是线索。我们不敢放松警惕。”

“幸运的是这个我们可以对付，”约翰尼又重新回到他那美国医生的腔调，“幸亏有了警醒剂，战斗机飞行员为此搏斗，掌控总统，惊吓恐怖分子，支撑美国商业的繁忙。警醒剂：‘让我们的领导人二十四小时工作不停。’”约翰尼的声音变成了快速的喃喃低语，“如果你患有高血压、低血压，或者血压正常，请勿服用警醒剂。如果你感到胸痛、眼睑肿胀、耳朵拉长，请咨询您的医生……”

帕特里克打断了最后的免责说明，打量了一眼几乎无人的房间。南希已经在一张堆满了食物的长桌另一端埋头吃着一盘三明治，食物对这些为数有限的参加追悼会的人们来说太多了。亨利站在她身旁，在同罗伯特说话。桌后站着一位非常漂亮的女招待，脖颈修长，高颧骨，黑色短发，她对帕特里克友好坦率地一笑，她肯定是在到处试镜头的空当中间当个女招待，渴望着功成名就。她对他的吸引力简直不可思议，他想马上同她一起离开。为什么她看上去如此无法抗拒呢？是那一桌子几乎无人动的食物让她看上去不仅慷慨大方而且还非常可爱吗？在这种情境下该如何得体地接近她呢？我母亲刚去世，我需要高兴起来？我母亲从来不让我吃饱，但是你看上去会好得多？因为这些荒谬蛮横的冲动，因为他自己根深蒂固的依赖性，幻想得救、幻想有人喂养，帕特里克偷偷地哈哈笑了一声。太多旧事沉重地压迫他的注意力，压到水平面之下，用非语言的原始紧迫感淹没他。他想象自己摆脱无意识，就像刚从海水里钻出来的一条狗。他走到桌子旁，要了一杯苏打水，只是无所期待地对女招待笑了笑。他谢了她，快速转过身去。在这样的表现中有某种空洞的东西；她依然道地可爱，但是他知道这种吸引究竟是怎么回事：他自己的饥渴，并没有任何人际交往的涵义。

他想到了抑郁症小组的吉尔，有天她抱怨说自己有“人际关系问题——问题就是同我有关系的人不知道我们有关系”。这个坦白招来了特里一阵嘲讽的笑声。

“难怪这是你第九次来这里接受治疗。”特里说。

吉尔跑了出去，呜咽着。

“你必须为此道歉。”戈登说。

“但我是当真的。”

“所以你必须道歉。”

“但是我如果道歉，就表明不是当真的了。”特里争辩说。

“装装样子也行，伙计。”加里说，他就是那位美国人，他那位机会主义游客的母亲曾经在帕特里克的第一次小组会议上引起那么大的动静。

帕特里克不知道自己是否也在装装样子——这个词总是让他恶心——就这么绝情地从一位他其实很想勾引的女人身边走

开。不，如果勾引，那就是装样子了，那种卡萨诺瓦情结会迫使他用貌似成人的行为来掩盖自己幼时的渴望：彬彬有礼、交谈、评论；这些都是特设的方法，让他与那位他不忍心听见哭喊声的无助婴儿保持距离。母亲过世的绝妙之处就在于她无法再用装模作样的母亲的在场来妨碍他自己的母性本能，他也不用再去拥抱她生下的那个无法安慰的伤痕累累的人。

第十二章

房间里人渐渐多起来，帕特里克不再能独自思索，只好回到主人的角色上来。尼古拉斯傲慢冷漠地走过他身边，去找房间另一头的南希。玛丽走过来，身后跟着那位阿密曲替林女人，托马斯和伊拉斯谟斯紧紧跟着。

“帕特里克，”玛丽说，“来见见弗洛尔，她是你母亲的老朋友。”

帕特里克礼貌地同她握手，好奇她怎么会有个古怪的法国名字。现在她脱去了外套，他看见了在普利奥里见过的那身绿色毛衣和花呢裙子。弗洛尔嘴巴右边半寸的地方有一个嘴形的红色鲜亮唇膏印，令她自己的嘴相形失色，她看上去好似一个正在卸妆的马戏团小丑。

“你怎么知道……”帕特里克正要说。

“爸爸！”托马斯说，太激动了，忍不住插嘴说，“伊拉斯谟斯是真正的哲学家！”

"或者说至少是现实主义哲学家。"伊拉斯谟斯说。

"我知道，亲爱的。"帕特里克说，弄乱儿子的头发。托马斯有一年半没见过伊拉斯谟斯了，显然在这段时间内哲学家这个类别得到明朗化了。

"我的意思是，"托马斯说，看上去非常有哲学意味，"我总觉得上帝的问题是：谁创造了上帝？还有，"他又说，越说越来劲，"创造上帝的人又是谁创造的？"

"啊，无限回归。"伊拉斯谟斯伤感地说。

"好，那么，"托马斯说，"是谁创造了无限回归？"他抬头去看父亲，想确认一下自己的确是在进行哲学讨论。

帕特里克对他鼓励地笑了笑。

"他太聪明了，对吧？"弗洛尔说，"不像我的孩子，他们到了十来岁还连个句子都说不全，如果说全了那也是侮辱我——还有他们的父亲，他活该，当然。地地道道的魔鬼。"

玛丽带着托马斯和伊拉斯谟斯悄悄走开了，留下帕特里克和弗洛尔站在一起。

"十多岁的孩子就这样。"帕特里克说，一点不带感情，"那么，你是怎么认识埃莉诺的呢？"

"我喜欢你母亲。我觉得她是我遇见过的少有的好人，她真的救过我的命——我想那大概是三十年前的事情了——让我在她为拯救儿童基金会管理的一家慈善商店里找了个工作。”

“我记得那些商店。”帕特里克说，注意到弗洛尔正在聚集能量，不想被打断。

“有些人认为我，”弗洛尔发动了，“嗯，每个人，实际上除了你母亲以外，都认为我是无法就业的，因为我的病时常发作，但我就是需要走出家门，做点事情，所以你母亲是道地的上天的赐予。她立即让我去打包二手衣服，我们经常把这些衣服送去我们认为最合适的店里，真正好的给我们自己在朗塞斯顿广场的店留着，那个店就在你家街角上。”

“是的。”帕特里克赶紧说。

“我们过去那么快乐，”弗洛尔回忆着，“我们就像一对中学生一样，拿起衣服说‘里奇蒙，我觉得’，或者‘非常切‘尔滕纳姆’。有时我们两人同时叫起来，‘罗奇代尔！’或者，‘赫默尔·亨普斯特德！’[1]啊，我们笑得多么开心啊。最后你母亲对我足够信任，让我收钱，全天掌管店铺，结果恐怕我又发作了一次。那天早上我们有一件裘皮大衣——那一阵人们如果穿这种大衣，会被泼漆在身上——非常美妙的黑貂皮大衣——我猜就是这个让我错乱了。我一心想要做点

1 均为英国地名。

什么真正叫人眼花缭乱的事情，所以就关上店门，把钱柜里所有的钱都拿了，穿上貂皮大衣——六月天穿它不是太合适，但是我必须穿着。总之，我走出去叫了一辆出租，说：‘去丽兹饭店！’”

帕特里克焦急地四下看看，不知道自己是否有机会脱得了身。

“他们想让我把大衣脱下来，”弗洛尔加快了语速，“但我听都不要听，所以我在棕榈庭院坐在一堆貂皮上，喝着香槟鸡尾酒，同任何愿意听我说话的人聊天，直到一个傲慢得一塌糊涂的侍者领班叫我离开，因为我‘惹得其他客人讨厌’！你能想象这有多么粗鲁无礼吗？嗯，总之，我从钱柜里拿的钱结果不够付那张巨大的账单，该死的酒店坚持要留下大衣，结果弄得非常不方便，因为那位送我们大衣的女士又回来说她改主意了……”

此时弗洛尔已经完全忘乎所以，帕特里克想要捕捉住玛丽的目光，但是她似乎故意忽视他。

“我想说的就是你母亲是绝对了不起的人，她去付清了账单，救下了那件大衣。她说她习惯了，因为过去总是要去帮她父亲付清在豪华场所的酒吧账单，她一点不在乎。她绝对是个圣人，她不在时还让我继续管理店铺，说她肯定我不会再犯了——恐怕我还是再犯了，而且不止一次。”

“你要喝点什么吗？”帕特里克问，转向那位女招待，心中再次充满渴望。也许他还是同她一起逃跑的好。他想要亲吻她修长脖颈上的动脉。

“我真的不该喝酒，但还是要一杯金汤力吧，”弗洛尔说，停都没停继续往下说，“你肯定很为你母亲骄傲。她做了很多实在的好事，真的也就只应该做这种好事——涉及数百人的生命，以巨大的精力投入这些商店——我坚信她本来可以当企业家的，如果她需要钱的话——想想她蹦蹦跳跳去哈罗盖特展览会的情景。”

帕特里克对女招待笑着，然后局促不安地看着桌布。他再次抬起头来时，她同情地看着他，眼中带笑。她显然一清二楚是怎么回事，她不但美不可言，而且还聪明透顶。弗洛尔越是谈论埃莉诺，他越是想要同这位女招待开始一种新的生活。他温柔地从她手里接过金汤力，交给喋喋不休的弗洛尔，她似乎在说：“嗯，你呢？”叫他一时猜不透她在说什么。

“我什么？”他问。

“为你母亲自豪。”

“我想是吧。”帕特里克说。

“‘我想是吧’是什么意思？你比我的小孩还要糟糕，道地的魔鬼。”

“听着，非常高兴见到你，”帕特里克说，“我们再聊，但是我该去兜一圈了。”

他不客气地从弗洛尔身边走开了，想要看上去很有目的性，朝朱莉娅走去，她独自站在窗边喝一杯白葡萄酒。

“救命！”帕特里克说。

“噢，嗨，”朱莉娅说，“我正在茫然地看着窗外，但还没有茫然到看不见你同那个漂亮女招待调情。”

“调情？我一个字都没说。”

“你用不着说，亲爱的，一只狗在餐厅里坐在我们旁边哼哼唧唧，口水滴滴答答掉在地毯上，一个字也用不着说；我们也知道它想要什么。”

“我承认我隐隐约约被她吸引，但只是在那个灰白头发的疯子开始同我说话以后，她看上去就像激流怒吼前的最后一棵树。”

“好有诗意。你还在试图获救。”

“一点都不；我试图不去想要获救。”

“进步了。”

“无情地朝前走。”帕特里克说。

“那么迫使你去同女招待调情的那个疯子是谁呢？

“老早她曾经在我母亲的慈善商店工作过。她接触过的埃莉诺同我接触过的那么不一样，结果让我意识到我管不了我母亲生活的意义。我居然还幻想可以得出某种权威性结论呢。”

“当然你可以就它对你的意义得出某种结论。”

“我甚至都不相信这是真的，”帕特里克说，“今天我注意到我对自己父母亲的感觉都那么不确定。没有什么终极真理；更像是可以在同一幢楼里上下不同的楼层。”

“听上去太累人了，”朱莉娅抱怨说，“干脆诅咒他们去死不是简单多了吗？”

帕特里克大笑起来。

“过去我总是想我对父亲漠不关心，我觉得这种冷漠是最大的德行，用不着在宽恕中添加道义上的居高临下，但实际上我能感觉一切：蔑视、狂怒、怜悯、恐惧、柔情，还有冷漠。”

“柔情？”

“想到他多么不快乐。等我自己有了孩子，感到强烈的要保护他们的本能，我重新感到震惊，他居然会故意去伤害他自己的儿子，然后憎恨又回来了。”

“所以你基本上放弃了冷漠的态度。”

“相反，我刚刚意识到有很多事情可以淡漠处之。强烈的憎恨和纯粹的恐惧并没有妨碍冷漠，反而给了它们扩展的机会。”

“冷漠的跑步机。”朱莉娅说。

“就是。”

“不知道我是否可以在那外面抽烟。”朱莉娅说，打开落地窗户，走了出去。帕特里克跟着她走到狭窄的露台上，坐在白色灰泥栏杆边上。她掏出一包骆驼蓝中免，他的目光追随着他曾经在枕边经常琢磨的优雅的侧面，尚未绽放叶子的树木映衬着她的脸庞，隐含着允诺。他看着她亲吻香烟的过滤嘴，将打火机摇晃的火苗吸入卷得紧紧的烟草。狠狠地吸了一口之后，烟飘浮在她的上嘴唇，又被吸入鼻孔，进入呼吸的肺部，最后释放出来，先是一长条浓烟，然后是她带着烟说话形成的小小的烟团、乱糟糟的烟圈和移动的烟雾。

“嗯，你今天是否在内心的跑步机上锻炼得特别猛？”

“我感到了奇特的情绪高昂和自由落体的混合。死亡有种冷静客观，相比正在死去时的野蛮隐秘性，这是我母亲的疾病迫使我在过去的四年里经常想象的。在某种程度上，我可以第一次清楚地思考她，脱离了那种既非同情也非有益的移情的漩涡，而是一种对她本人所感到的恐惧的替角。”

“干脆根本不去想她不是更好吗？”朱莉娅说，又懒洋洋地大吸了一口烟。

“不，今天不行，”帕特里克说，突然对朱莉娅那珐琅般光滑的面庞感到厌恶。

“噢，当然，今天不行——尤其是今天，”朱莉娅说，察觉到了他的变化，“我的意思是指最终。”

“告诉我们‘摆脱过去’、‘朝前看’的人最无法获得那种他们教训沉湎过去的人们要避免的直接体验，”帕特里克说，用的是他为自己辩护时采取的那种控诉腔调，“他们要摆脱的是那不假思索的习惯鬼魂般再现。确保一直受某件事情影响的办法就是不去想它。”

“公平交易，老爷。”朱莉娅说，帕特里克的较真劲头让她感到不安了。

“自然而然、对事情——对任何事情的反应不带条件，会是什么感觉？我俩都没有资格知道了，但是我不想在死以前不去找到这种感觉。”

“呵呵。”朱莉娅说，显然不为帕特里克模糊的想法所动。

“对不起。”他们身后一个声音说。

帕特里克回头看见那位美丽的女招待，他已经忘记了自己爱上了她，但是现在全都想起来了。

“噢，嗨。”他说。

她几乎没朝他看，眼睛盯着朱莉娅。

“抱歉您不能在这儿抽烟。”她说。

“噢，亲爱的，”朱莉娅说，抽了一口烟，“我不知道。好奇怪，因为这是在外面。”

“嗯，实际上这还是俱乐部的一部分，俱乐部里哪儿都不能抽烟。”

“我理解，”朱莉娅说，继续抽着，“嗯，那我还是灭了它吧。”那支烟快到尽头了，她又长长地吸了一口烟，把烟扔在露台上，用脚踩了踩，进门去了。

帕特里克等着女招待心照不宣地感到好笑地朝他看，但是她回到自己在长桌后面的位置上去了，并没有朝他看一眼。

女招待没用，朱莉娅没用，埃莉诺没用，甚至玛丽到了最后也没用，没法阻止他独自回到他的小房间，心绪无法排解。

不是这些女人的错；是他自己无所不能的自欺欺人的想法：竟然以为她们会在那儿为他所用。下次再有哪个无用的婊子辜负他，他一定要记住。帕特里克又大笑了一声，他觉得自己有点疯了。卡萨诺瓦，厌女者；卡萨诺瓦，饥饿的婴孩。浮夸的烂透了的内核不合时宜。他观看着一层自我厌恶的谦卑面纱停留在他与女人关系的这个题目上，试图阻碍他深入一点。

自我厌恶是比较容易的出路，他必须剪断它，让自己无法解脱。他期待那个词严苛的要求，就好像去过安慰的干涸绿洲之后来一杯清凉的酒。无法解脱，回到自己的小居室去，他几乎等不及了。

露台上冷起来了，帕特里克想要进去，但犹豫着不想加入凯特尔和玛丽，她们正好站在落地窗那儿。

“我看你同托马斯还黏在一起。”凯特尔说，羡慕地看着外孙舒服地搂着妈妈的脖子。

“没人能指望像你那样完全不在乎自己的孩子。”玛丽叹口气。

“你什么意思？我们总是……沟通的。”

“沟通！还记得你打电话到学校告诉我爸爸死了的时候，说了什么话吗？”

“好可怕，我猜。”

“我苦恼得说不出话来，结果你告诉我**高兴一点**。居然说**高兴一点**！你从来不了解我，现在也不了解。”

玛丽气哼哼地走到房间另一头去了。这种怨恨会产生不可避免的结果，凯特尔对此的表现却是震惊和茫然。帕特里克在露台上逗留着等她走开，但是却看见安妮特上前来同她攀谈。

“嗨，亲爱的，”安妮特说，“你好吗？”

“嗯，刚被我女儿把脑袋咬掉了，所以这会儿还处于休克状态。”

“母亲同子女们，”安妮特表示理解，“或许我们该就这个充满活力的话题办个学习班，吸引你回到基金会来。”

“关于母亲和子女的学习班会让我躲得远远的，”凯特尔说，“并非我需要有人鼓励躲远点；我觉得我已经同异教邪说没关系了。”

“祝福你，”安妮特说，“我不会觉得没有关系，直到同地球上所有人心中的无条件之爱的源泉全部发生联系。”

“嗯，我的目光更短浅得多，”凯特尔说，“我觉得不用再去摇拨浪鼓，被那些该死的木材烟尘搞得直流眼泪，真是松了口气”。

安妮特发出一连串宽容的笑声。

“嗯，我知道谢默思会很高兴再见到你，他觉得你特别受益于我们的‘与女神同行’学习班，‘迈入女性的力量之中’。我自己也会参加。”

“谢默思怎样了？我猜他搬到大屋子里去住了吧。”

“嗯，对的，他住在埃莉诺的老卧室里，对我们大家发号施令。”

“是帕特里克和玛丽曾经住过，可以看见橄榄树林的那间卧室吗？”

“噢，那个景色妙极了，对吧？告诉你，我爱我的房间，可以看见小礼拜堂。”

“那是我的房间，”凯特尔说，“我总是住在那个房间。”

“我们都对东西恋恋不舍，好玩吧？”安妮特笑着说，“但是，最后，甚至我们的身体都不能算是我们自己的；都属于大地——属于女神。”

“还没有。”凯特尔坚决地说。

“告诉你，”安妮特说，“如果你来参加女神学习班，就可以住回你的房间。我不在意搬出去；我反正在哪里都很快乐。反正谢默思总是谈论‘脱离财产范式，进入参与范式’，如果掌管基金会的人做不到的话，那就不能指望别人这样做了。”

帕特里克的主要目的是离开露台，但不想让别人注意到自己，因此耐住性子没有去指出，谢默思恰好是朝反方向移动，从参与埃莉诺的慈善活动到占有她的财产。

安妮特好心地向凯特尔提供她自己原来的卧室，凯特尔显然被搞糊涂了。她坚持心情不好，这一点不容易撼动，但是除了感谢安妮特之外也很难看出还有什么别的办法。

“你心肠太好了。”她有点无可奈何地说。

帕特里克抓住这个机会赶紧离开了露台，他决断地从凯特尔身后经过，结果把她一撞，撞翻了安妮特手中摇摇磕磕的一杯茶。

“当心点。”凯特尔喝道，然后才看清楚是谁撞上了她。“真是的，帕特里克。”等她看清谁是肇事者时，又加了一句。

“噢，亲爱的，你一身都是茶水。”安妮特说。

帕特里克没有停下来，只是回头喊了声“抱歉”，就快步穿过了房间。他一直跑到楼梯口，不知道自己要去哪，一步步跑下楼梯，一只手在扶手上轻松地滑过，好像有急事找他似的。

第十三章

玛丽对房间另一头的亨利笑着，开始朝他的方向走去，但是还没等走到他身边，弗洛尔跑到了她面前。

“希望我没有冒犯你的丈夫，”她说，“他非常突然地离开我，现在好像是一下子就冲出了房间。”

“今天他日子不好过。”玛丽说，被弗洛尔的唇膏迷住了，唇膏重新涂过了，基本上是按照先前唇膏的轮廓，但也涂在了门牙上。

“他是否精神有问题？”弗洛尔说，“我这么问，是因为——天知道！——我自己也有点，所以很擅长发现谁的脑瓜子螺丝松了。”

“你现在看上去没事了。”玛丽说，风度很好地撒着谎。

“好玩，你居然会这样说，”弗洛尔说，“因为今天早上我还在想：‘你感觉这么好还要吃药就没什么意思了。’我感觉非常非常好，你看。”

玛丽本能地退缩了一下。“哦，那好。”她说。

“我觉得我今天会发生什么了不起的事情，”弗洛尔继续说着，“我觉得自己从来没有完全发挥潜力——我觉得无所不能——好像可以让人起死回生似的。”

“在这个派对上大家最怕的就是这个了，”玛丽说，轻松地笑了笑，“如果你想到的是埃莉诺的话，请务必先问问帕特里克。”

“哦，我好想再见到埃莉诺。”弗洛尔说，好像赞成玛丽提出的复活人选，准备着手采取必要的行动了。

“请原谅，”玛丽说，“我要走了，去跟帕特里克的表兄谈一谈。他从美国赶来的，我们甚至都不知道他要来。

“我也好想去美国，”弗洛尔说，“实际上，我今天下午晚点时候可能会飞过去。”

“坐飞机？”玛丽问。

“是的，当然……噢！”弗洛尔打住了，“我明白你的意思了。”

“她伸出手，头往前冲，左右摇晃着，突然大笑起来，笑声响亮，玛丽感到房间里所有人都在朝这个方向看。”

她伸出手去，触摸到弗洛尔伸出的手臂，对她笑着表示很高兴同她在一起说笑话，却又坚定地转身去找亨利，他独自站在房间角落里。

“那女人的笑声有点凶狠。”亨利说。

“她浑身上下都有点凶狠劲头，我担心的正是这个，”玛丽说，“我觉得在我们大家回家前她可能会疯狂大发作一场。”

“她是谁？看上去有点异国情调。”

玛丽注意到亨利的睫毛在半透明的眼睛映衬下非常清晰。

“我们大家从前都没见过她。她就这么出乎意料之外地来了。”

“就像我一样。”亨利说，表示出平等待人的彬彬有礼。

“但是我们知道你是谁，都很高兴见到你，”玛丽说，“尤其是并没有很多人来。埃莉诺同大家失去了联系；她的社交生活不成样子了。她这里那里有点朋友，大家都认为她有更要紧的核心圈子，但实际上中间什么都没有。最后两年，我是唯一去探望她的人。”

“帕特里克呢？”

“不，他没有去。她看见他就非常不高兴，有什么话她好想说，但又说不出来。我不光指她最后两年不能说话发声，我的意思是她从来无法把她想告诉他的话说出口，即使她是世界上最能说会道的人，因为她不知道究竟想说什么，但是她生病时，能感到压力。”

“真是可怕，”亨利说，“我们大家怕的就是这个。”

“这就是为何当我们还可以自愿自主时，必须放下防护，”玛丽说，“否则最后防护会被摧毁，我们会被无名的恐惧淹没。”

“可怜的埃莉诺，真为她感到遗憾。”亨利说。

他们都沉默了一会儿。

“在这种时候英国人通常会说，‘嗯，这是一个叫人高兴的话题’，来掩盖严肃了一回的尴尬。”玛丽说。

“让我们还是悲伤吧。”亨利说，善意地笑了笑。

“我真的高兴你来了，”她说，“你对埃莉诺的爱如此纯粹，不像其他人。”

“卷心菜”，南希说，抓住亨利的手臂，带着夸张的急切，好似沉船上的乘客发现自己不是家里唯一活下来的人，“谢天谢地！让我摆脱那个穿绿衣服的可怕女人！真不相信我姐姐竟然会认识她——还是在社交场面上。我的意思是，这真是最不寻常的聚会了，我一点也不觉得这是个琼森家的场合。我想起妈妈的葬礼，或者伊迪丝姨妈的葬礼。八百个人来参加妈妈的葬礼，法国政府内阁的一半人，阿迦汗，温莎家族；所有人都来了。”

“埃莉诺选择了一条不同的道路。”亨利说。

“更像是羊肠小道。”南希说，翻了翻眼睛。

“我本人根本不在乎谁会来参加我的葬礼。”亨利说。

“那是因为你知道会挤满参议员和魅力人士，还有哭泣的女人！”南希说，“葬礼的问题在于总是出乎意料。所以才会有追悼仪式，当然，这两个不是一回事。葬礼总是有那么点戏剧性，尽管我怕看见那些敞开的棺材。你还记得弗拉德舅舅吗？我现在还会做噩梦，看见他穿着金色白色相间的制服干枯地躺在那里。噢，上帝，那些车辆，”南希大声说道，“那个绿妖精又在盯着我看！”

弗洛尔的目光扫过房间，看是否还有谁没有受益于她的谈话，心头有一种无可抵挡的愉悦和力量感。她能够理解房间里所有的暗流涌动；她只需要看某人一眼就能看到他们的灵魂深处。多亏帕特里克·梅尔罗斯，他在问那个女招待要电话号码，分散了她的注意力，弗洛尔才能给自己调一杯酒，满满一杯金酒，只掺了那么一点汤力水，而不是反过来。有什么关系？光有酒并不能减损她光灿灿的意识。她从沾满唇膏的酒杯里大喝了一口之后，朝尼古拉斯·普拉特走去，打定主意要帮助他理解他自己。

“你有过精神健康问题吗？”她问尼古拉斯，无所畏惧直盯盯地看着他。

“我们过去见过吗？”尼古拉斯说，冷冰冰地看着这位挡路的陌生人。

“我这样问，是因为我对这些事情有感觉。”弗洛尔继续说着。

尼古拉斯在两种冲动之间犹豫着：到底是要彻底摧毁这个穿着虫蛀毛衣的疯疯癫癫的老婆子，还是想要吹嘘自己健全的精神健康。

“嗯，有过吗？”弗洛尔追问着。

尼古拉斯抬了抬手杖，好像打算把弗洛尔推到一边去，结果还是更加坚定地把手杖重新戳在地毯上，完全靠着它的支撑。他吸入从窗外涌进但被弗洛尔的无礼问题碎裂的寒冷而令人振奋的蔑视空气；蔑视总是令他——虽然这是他自己说的——比平时更能说会道。

“不，我没有什么‘精神健康问题’，”他吼道，“即使在这个忏悔和抱怨的堕落年代，我们也没能做到完全颠倒事实。弗洛伊德胡说八道的词汇被倒腾进所有谈话中，就像醋倒进装满湿淋淋土豆片的报纸里，但是我们有些人偏偏选择不去大吃一顿。”尼古拉斯伸长了脖子，吐出这句家常话。

“老于世故的人珍惜他们的‘综合征’，”他继续说道，“而甚至头脑最简单的傻瓜也觉得有资格拥有‘情结’。好像每个孩子都有‘天赋’还不够荒唐似的，他们现在还必须都有病：一点亚斯伯格综合征、自闭症；运动场上到处都是诵读困难；聪明可怜的小东西在学校受‘欺负’；如果他们不坦白受到虐待的话，那就必须坦白自己会虐待别人。嗯，亲爱的女士，”尼古拉斯威胁地笑了，“我称你‘我亲爱的’，出自无疑被称为‘认真缺失症’的状态，除非哪位野心勃勃的江湖骗子，恰好落在讽刺的大陆那滚烫的嘲讽海滩，声称表面意思的逆转是波特病或琼斯黄疸病——不，我亲爱的女士，我从来没有过任何一点精神疾病。现代人对病理学的热情是一种泥石流，被迫在我神志清醒的双脚不远处停顿下来，我只要朝那一堆垃圾走过去，它就会自动分开，给这位难以置信的人、完全身心健康的人让路。心理治疗师看见我来就四下逃散，为他们的山寨职业感到害臊！”

“你疯得好厉害啊，”弗洛尔说，好像发现了什么似的，“我这么想来着。这些年来我有一种我称之为‘我的小雷达’的东西，把我放在一屋子人里面，我立刻就能发现谁有那种问题。”

尼古拉斯感到一阵绝望，意识到他咄咄逼人的雄辩没有任何效力，但却像一位擅长探戈的舞者在舞池边上猛然转身那样，改变了对策，死命大喝一声：“滚蛋！”

弗洛尔看着他，心里越来越明白。

“在普利奥里待一个月会让你恢复正常的，”她下结论说，“重新让你穿上心智正常的衣衫，正如赞美诗所言。你知道这首歌吗？”弗洛尔闭上眼睛，开始入迷地唱起来，“‘亲爱的主，人类之父/宽恕我们愚蠢的生活/让我们重新穿上心智正常的衣衫……’真是妙不可言。我去同帕加齐医生说句话，他是最好的。他有时会很严厉，但那只是为了你好。看看我：我曾经疯得不成话，现在却在世界顶端。”

她朝前倾，对尼古拉斯窃窃私语一般。

“我感觉非常非常好，你知道吧。”

约翰尼不去同尼古拉斯·普兰特打交道，有他专业上的原因，尼古拉斯的女儿是他的一位病人，但是看见这个魔鬼般的人对一位披头散发的老妇人吼叫，他的控制力超过了此前他加诸自己的限制。他走上前去，背朝着尼古拉斯，问弗洛尔她是否还好。

“好？”弗洛尔大笑着，“我好得不得了，比过去任何时候都好。”她竭力要表达自己的充实感。“如果有太好了这么回事的话，那就是我了。我正在想帮助这位可怜人，他的精神健康问题比别人多一点。”

约翰尼先确定弗洛尔没有携带武器什么的，对她笑了笑，开始策略性地后退，但是尼古拉斯现在已经怒不可遏，不肯放过这样一个机会。

“啊，”他说，“他来了！好像法庭上当庭出示的证据那样，在恰到好处的时候拿出来：一个开业的巫医，一个传播精神麻痹的人，地下迷宫的导游，下水道的导游；他许诺要把你的美梦变成噩梦，他虔诚地遵守了诺言。”尼古拉斯咆哮着，他满脸通红，嘴角冒出唾沫星子。“地狱第二条河的摆渡人不肯像他那位在冥河上的无产阶级同行那样接受一枚硬币，你需要一大张支票才能渡过忘川，进入那个危险的废话连篇被遗忘的阴间，那里没牙的婴儿会把乳头从母亲没有奶汁的乳房上扯下来。”

尼古拉斯似乎一边在费力地呼吸，一边不停地骂骂咧咧。

“你们发明的任何古怪念头，”他继续着，“都比不上给他那邪恶技艺打底的想入非非那么令人厌恶，他们用心怀杀人念头的婴孩和乱伦的儿童污染了人类的想象力……”

尼古拉斯突然打住了，张着嘴吸气。他扶着拐杖左右摇晃了两下，朝后踉跄了两步，撞着桌子，倒在了地上。他倒下去时抓住了桌布，拖走了一半酒杯。一瓶红葡萄酒翻倒了，酒从桌边上汩汩流下，泼溅在他的黑色西服上。女招待猛地向前抓住了正在往尼古拉斯倾斜的身体上滑过去的冰桶，里面的冰已经融化了一半。

“哦，天哪，”弗洛尔说，“他太激动了。‘搬起石头砸自己的脚’，就像人家说的。不肯求人帮忙的人就会这样。”她说，好像是在同帕加齐医生谈论病例。

玛丽附身朝向女招待，她已经打开了手机。

“我来叫救护车。”她说。

“谢谢，”女招待说，“我下楼去同前台说一声。”

房间里的人全都围在倒下来的人身边，脸上的神情好奇和恐慌兼而有之。

帕特里克在尼古拉斯身边跪下来，开始解开他的领带。早就没有用了，但他还是继续松开领带结，直到把整个领带完全解下来。这时他才去解开尼古拉斯衬衫最上一颗纽扣，尼古拉斯想要说什么，但嗫嚅了一阵发不出声音，还是闭上了眼睛，因为自己这么没用而感到厌恶。

尼古拉斯倒在地上，约翰尼认为自己并没有主动参与这件事，因此感到释然。他低头看看倒在地上的对手，他沉重地摊开在地毯上，不再系着昂贵的黑色丝质领带，喉咙口空荡荡的，皮肤松垂，满是皱纹，好似在等待最后一剑，这令他满心同情，同时又重新对那种自我的保守势力生出尊敬之心，那个自我情愿杀死主人，也不愿让他改变。

“约翰尼？”罗伯特说。

“嗯。”约翰尼说，看见罗伯特和托马斯很有兴趣地看着他。

“那个人为什么对你那么生气？”

“说来话长，”约翰尼说，“但是这个故事我不能说。”

“他得了精神麻痹吗？”托拉斯说，“因为麻痹了，你就不能动了。”

约翰尼忍不住笑了，尽管因为尼古拉斯倒下去周边全是严肃的低语声。

“嗯，就个人而言，我认为这个诊断很妙；但是尼古拉斯·普兰特捏造了这个词，为了对“精神分析”开个玩笑[1]，那是我的工作。”

“那是什么？”托马斯问。

“那是一种了解你的感情中隐藏的真相的方式。”约翰尼说。

“就像捉迷藏？”托马斯说。

“正是，”约翰尼说，“但不是藏在食品柜里、窗帘后面

---

1 “精神分析”英文为psychoanalysis，尼古拉斯杜撰了“精神麻痹”（psychoparalysis）这个词，发音近似psychoanalysis。

或者床底下，这种真相躲藏在病症、梦境和习惯里。”

“我们可以玩吗？”托马斯问。

“我们可以不再玩吗？”约翰尼说，与其说是对托马斯和罗伯特说话，不如说是对他自己说。

朱莉娅走上前来，打断了约翰尼同两个孩子的对话。

“就这么结束了吗？”她说，“足够让发脾气的人打住。噢，上帝，那个狂热的邪教徒抱着他的脑袋。真让我恶心。”

安妮特蹲坐在尼古拉斯身旁，双手抱着他的头，闭着双眼，嘴唇快速地动弹着。

“她在祷告吗？”朱莉娅说，目瞪口呆。

“她真好。”托马斯说。

“人家说绝不能说死者的坏话，”朱莉娅说，“所以我还是走吧。我总是觉得尼古拉斯·普拉特糟透了，我并不是阿曼达的好朋友，但他似乎毁了女儿的一生。当然，这一点你比我知道得更清楚。”

约翰尼用不着费力也能一声不吭。

“你为什么不能不这么可怕？”罗伯特激动地说，“他是个老人，真的病了，可能会听见你在说什么，甚至都不能回嘴。”

“对的，”托马斯说，“这不公平，因为他不能回嘴。”

朱莉娅一开始看上去更迷惑不解，而不是恼火，等她终于说话时，受伤似的叹了一口气。

“好吧，如果小孩子都开始一起攻击你的道德品质时，你知道是离开一场派对的时候了。”

“你能代我对帕特里克说再见吗？”她说，突然吻了约翰尼两颊，没有理会两个孩子，“发生了这种事情我没法再忍耐下去，尼古拉斯的事情，我指的是。”

“希望我们没有惹她生气。”罗伯特说。

“她惹自己生气，因为对她来说这样比感到不安更容易些。”约翰尼说。

朱莉娅离开后没两秒钟，又被急匆匆进来的女招待、两位救护人员和一整套设备挤了回来。

“看！”托马斯说，“氧气瓶和担架。我也想试一试！”

“他在那儿。”女招待毫无必要地说。

尼古拉斯感到手腕被抬了起来。他知道有人正在给他测脉搏，他知道跳得太快了，太慢了，太弱了，太强烈了，一切都不对头了。心脏开裂了，胸口刺穿了。他必须告诉他们他不会捐献器官，否则他还没死他们就会盗走他的器官。他必须阻止他们！叫他们住手！叫他们**马上住手**！他说不出话来。不是舌头的问题，他们不能拿走他的舌头。如果不能说话，思想就会像失去轨道的列车，哐哐当当，横冲直撞，撕裂一切。一个男人叫他睁开眼睛，他睁开眼睛，让他们看看他依然心神健全，神智健全，回收的部件。不，不是他的大脑，不是他的生殖器，不是他的心脏，不适合移植，在陌生的身体里依旧扭动着自我。他们用电筒照他的眼睛，太害怕了，不再能掌控词语，野蛮人、燃烧的屋顶、马蹄在脆弱的脑壳上践踏。他不再是他自己；他在马蹄下面。他不应该无助；他不应该被羞辱；要变成他不认识的人已经太晚了——如此亲密的恐惧。

“别担心，尼克，我会同你一起上救护车。”一个声音在他耳边低语。

是那个爱尔兰女人。同他一起上救护车！把他的眼珠子挖出来，用她灵巧的手指掏摸他的肾脏，从她的精神工具箱里掏出一把钢锯。他想要获救。他想要他的母亲；不是他实际上有过的那位母亲，而是他未曾谋面的真正的母亲。他感到一双手抓住了他的双脚，另一双手抱住了他的肩膀。挂起来，拉直了，大卸八块：因为他所有的罪行而公开处决。他活该，愿主宽恕他的灵魂，愿主宽恕。

两位救护人员对看了一眼，点点头，同时抬起尼古拉斯，把他放在已经在他身边打开的担架上。

“我同他一起上救护车。”安妮特说。

“谢谢你，”帕特里克说，“有什么消息能给我打电话吗？”

“当然。”安妮特说。“噢，对你来说太震惊了，”她说，突然给了帕特里克一个拥抱，“我走了。”

“那个女人陪他一起去吗？”南希问。

“对的，她太好了。”

“但是她根本就不认识他。我都认识尼古拉斯一辈子了。先是我姐姐，现在又是我最老的朋友，也差不多了。太过分了。”

“那你为什么不同她一起去？”帕特里克说。

“有件事情是我可以为他做的，”南希说，带着一点气愤，好似期待她一个人来表示体贴有点太出格了，“他可怜的司机米格尔在外面等着，一点儿也不知道发生了什么事情。我去把这个消息告诉他，把车开到医院去，等尼古拉斯需要的时候车就会在那里。”

南希想到在路上至少有三个地方可以停一停。医院的检查肯定要很长时间，实际上尼古拉斯可能已经死了。如果米格尔一下午带着她到处兜风的话，可能会让他不要老去想着这件可怕的事情。她没有现钱叫出租车，她肿胀的双脚已经从那双两千美元的鞋子冷酷优雅的边缘里鼓出来了。人家说她奢侈不可救药，但是如果她不是精打细算地在打折的时候买的这双鞋的话，那一只鞋就会花去她两千元。这个月她不能指望还能上哪儿去找到任何现钱，那些畜生一般的银行因为她的“信用记录”惩罚她。在她看来，她所谓的“信用记录”就是妈咪写了一个糟糕的遗嘱，让她邪恶的继父偷走了她所有的钱。她英勇的回应就是尽量花钱，好似伸张正义一般；她欺骗商店老板、地主、装潢设计师、花店、理发师、肉店、珠宝商、车库老板；不给衣帽间女孩小费；找茬同雇员吵架以便不用付钱就开除他们，好似这样她就恢复了世界的自然状态一般。

她每月去一次摩根信托银行——妈咪在她十二岁的时候为她开设了一个账户——领取一万五千美元现金。在如此手头拮据的情况下，第六十九街上走一趟，就好似色彩斑斓闪烁着黏滋滋琼浆的捕蝇草。她常常回到家时就已经花掉了一半的钱；有时候她把钱全部数一数，仿佛困惑不解为何少了二三千元。她带着一个粉色大理石方尖碑或者一幅有着身穿天鹅绒外套的猴子的画，好不容易脱身，还答应当天下午就会回来，在她复杂的债务迷宫里再留下一个黑点，又多了一个逛街要绕道走的地方。她总是给出真实的电话号码，换一个数字，她真实的地址，往上城或下城移动一个街区，一个完全虚假的姓名——显然的嘛。她有时称自己伊迪丝·琼森，或者玛丽·德·瓦伦采，她提醒自己没什么不好意思的，曾经有个年代她可以买下整整一个城市街区，一个商店里的小东西她看都不会去看一眼。

到了月中，她毫不例外地总是一文不名，此时她就只能仰仗朋友的好心肠了。有些留她住宿，有些让她把在吉米家或者花园餐厅的午餐和晚餐钱算在他们账上，其他人干脆给她开一张大额支票，考虑到南希又插了一次队，水灾、海啸和地震受害者们只好再等一年了。有的时候她真的陷入危机，迫使托管人只得放出更多本金来使她免于坐牢，不可避免地使她的收入越来越低。为了参加埃莉诺的葬礼，她住在好朋友特斯科家，住在他们位于贝尔格雷夫广场那美妙的公寓里，那是跨越五幢建筑两个楼面横向改造的结果。哈利·特斯科已经为她的机票付了款——头等舱——但是今晚她在去看歌剧之前，还要先在辛西娅小小的起居室里哭泣一场，告诉辛西娅说她的压力有多么大。特斯科家像上帝那么有钱，南希想到竟然要做些如此丢人的事情才能从他们那里弄到更多的钱，就真的很生气。

“你可以捎我一程吗？”凯特尔问南希。

“这是尼古拉斯的私家车，亲爱的，不是客车服务，”南希说，很惊讶竟然有人提出这样不合时宜的要求，“他病得那么厉害，真叫人揪心。”

南希吻别帕特里克和玛丽，匆忙离开了。

“是圣托马斯医院，喂，”帕特里克在她身后说，“救护人员告诉我说那是治疗‘梗塞’最好的地方。”

“他中风了吗？”南希问。

“心脏病，他们根据冰冷的鼻子知道的——末端冰冷。”

“噢，不，”南希说，“我怕想到这事。”

她朝楼下走去，不能再浪费时间了：辛西娅为她在美发店预约好了，用了那句魔幻的话，“算在我账上”。

南希离开以后，亨利让委屈的凯特尔搭他的车。她只是花了几分钟埋怨帕特里克姨母的无礼，接受了好意，同玛丽和两个孩子道别。亨利答应第二天给帕特里克打电话，陪同凯特尔下楼去了。他们惊讶地发现南希依旧站在俱乐部外面的人行道上。

“噢，卷心菜，”她说，带着孩子般的哭腔，“尼古拉斯的车已经开走了。”

“你可以同我们一起走。”亨利说了一声。

凯特尔和南希坐在后座上默不作声，心怀敌意。前坐上的亨利告诉司机先去王子门，然后去圣托马斯医院，最后再回酒店。南希突然意识到自己同意搭车造成了什么结果，她完全忘了尼古拉斯。现在她只能问亨利借点钱叫辆出租车从某个不知何处、偏僻无人的医院去美发厅。真让你想大喊起来。

尼古拉斯倒在地上，接下来的混乱场面，救护人员来到，一些客人离开，这些伊拉斯谟斯全都没注意。弗洛尔在同尼古拉斯聊天时突然唱起歌来，“让我们重新穿上心智正常的衣衫”这句话让他震颤了一下，好似狗的尖利呼啸声，其他人听不见，但却恰好与他自己的思绪吻合，召唤他去到真正的主面前，坚持要他离开主体间性的泥淖以及其他心灵诱人的踪迹，去靠在露台清凉的栏杆上，在那里他可能会得到片刻时间思索该如何思想。社交生活常常迫使他直面他对这样一种概念的基本排斥：个人身份的定义是将经验转化为越来越模式化和前后连贯的故事。他是在思索中而非叙述中才找到真实性的，迫使他将过去转化为轶事，或者干脆以充满激情的向往来想象未来，这种压力令他感到尴尬和虚假。他无法因为上学第一天的记忆而激动，无法呈现这样一个渐增的和日益坚实的自我——想要学会弹竖琴，或者渴望居住在奇特恩斯区，或者希望看见基督的血在天空流淌——这使得他的人格对于其他人而言似乎不真实，而恰恰是人格的虚幻在他看来却非常清楚。他真实的自我是全神贯注的见证，见证各种不能自我提升或转移认同感的多变的印象。

对于通常无人质疑的普通社交生活的叙事假设，他不仅有本体论的问题，而且在当下这个聚会上，还发现自己在质疑一个除了安妮特之外大家都赞同的伦理假设（安妮特不赞同的理由本身就有问题）：埃莉诺·梅尔罗斯剥夺儿子的继承权是错误的。且暂时不去考虑要判断她为之背书的基金会的用途有多么困难，但是更广泛地分配她的资源有着不可否认的潜在的实用价值。梅尔罗斯太太至少可以指望约翰·斯图亚特·穆勒、杰里米·边沁、彼得·辛格和R. M. 黑尔同情地看待她的情况。如果这些年来有一千个人通过基金会找到了——无论通过什么深奥难解的方式——一种目的感，使他们成为更加利他和尽责的公民，那么对于社会的益处难道不会大于对想拥有一所房子却未能如愿的四口之家（其中还有一人几乎意识不到损失）造成的痛苦吗？在不同视角的漩涡中，难道除了根据最严格的公正观点之外，还能根据其他观点作出正常的道德判断吗？这样一种观点是否可以成立则是另外一回事——对这个问题的答案几乎无疑是否定的。然而，即使实用主义的算计是基于无法获得的公正观念，应该被搁置一旁，因为如休姆所言，动机基于欲望，但是一个人有自主权去选择做某种好事，而非其他好事，这一点仍然为埃利诺的慈善选择提供了很强的伦理支持。

弗洛尔陪同尼古拉斯的担架下楼，似乎离开了派对，大家全都松了一口气，但是十分钟之后，她又果断地出现在门口。她看见伊拉斯谟斯靠在栏杆上，忧心忡忡地盯着下面的石子路，立即对帕特里克表示了惊恐。

“那个人在露台上干什么，”她厉声问道，就好像一个保姆唯恐离开育儿室哪怕几分钟，“他要跳楼吗？”

“我不认为他有这种打算，”帕特里克说，“但是我肯定你可以说服他。”

“我们绝不再想要另一个人死在我们手上。”弗洛尔说。

“我去看看。”罗伯特说。

“我也去。”托马斯说，跑到落地窗外面去了。

“你不能跳楼，”他解释说，“因为我们绝不再想要另一个人死在我们手上。”

“我没想过要跳楼。”伊拉斯谟斯说。

“你在想什么？”罗伯特问。

“在想为很多人做好事是否比只为几个人做好事更好些。”伊拉斯谟斯回答。

“许多人的需求高于几个人或者一个人的需求。”罗伯特严肃地说，右手奇怪地做着手势。

托马斯认出了《星际迷航》第二季中瓦肯人的逻辑，也做着同样的手势。

“生生不息，繁荣昌盛。”他说，想到会长出尖耳朵，忍不住笑起来。

弗洛尔大步走到露台上，没有任何客套，就同伊拉斯谟斯说起话来。

“你试过阿密曲替林吗？”她问。

“从来没听说过他，”伊拉斯谟斯说，“他写过什么？”

弗洛尔意识到伊拉斯谟斯比她一开始想象的还要糊涂得多。

“您最好进来。”她哄劝着说。

伊拉斯谟斯朝房间里看一眼，意识到大部分客人都离开了，以为弗洛尔是在巧妙地暗示他应该走了。

“是，你说的是。”伊拉斯谟斯说。

弗洛尔认为自己具有对付极端精神病人的真正才能，或许应该让她负责一家精神病院的抑郁症病房才是，最好是负责一家全国性决策机构。

伊拉斯谟斯进门以后，决定不再参与不相干的社交活动，还是干脆同玛丽道个别，立即走吧。他附身去亲吻她，好奇一个基本上属于叙事类型的人是否会对玛丽有欲望，因为过去他对玛丽曾经有过欲望，好奇他是否在想象过去的残余是否就这样通过时间机器被传输到了当下，这种幻想令他想起了维特根斯坦的开创性观点，“至关重要的是必须教导大家去理解我们所拥有的概念而不是虚构概念”。就他本人而言，他的欲望，就其本身而言，有着一种无关紧要的现在时事实的特征，就如花朵的香味一样。

“谢谢你来。”玛丽说。

“不用客气。”伊拉斯谟斯嘟囔着，轻轻地挤了一下玛丽的肩膀，没有同其他任何人道别就离开了。

“别担心，”弗洛尔对帕特里克说，“我同他保持一段距离跟着他。”

“你是他的守护神。”帕特里克说，尽量掩盖如此容易就摆脱了弗洛尔的宽慰感觉。

玛丽客气地跟着弗洛尔来到楼梯口。

“我没有时间聊天，”弗洛尔说，“那个可怜人有生命危险。”

玛丽知道不能同像弗洛尔这样自信满满的女人争辩。“嗯，很高兴能见到您这位埃莉诺的老朋友。”

“我知道她在指引我，”弗洛尔说，“我能感到这种联系。她是个圣人；她会告诉我该怎么去帮助他。”

“哦，那太好了。”玛丽说。

“上帝保佑你。”弗洛尔喊了一声，步子轻快地跑下楼梯，打定主意不能丢失伊拉斯谟斯在伦敦街道上自杀进程的踪迹。

“这个女人！”约翰尼说，看着弗洛尔从门口离开，“我真觉得应该有人跟着她，而不是反过来。”

“别指望我，”帕特里克说，“我已经受够了弗洛尔，想不到竟然有人会把她从普利奥里放出来。”

“在我看来她好像刚开始一个新的发疯阶段，”约翰尼说，“我猜她太享受这种感觉了，决定不按时吃药。”

“嗯，但愿她在‘拯救’伊拉斯谟斯之前改变主意。”帕特里克说，“如果她像打橄榄球那样把他扑倒在桥上，或者在他准备过街时冲过去，他可能就活不成了。”

“天哪，”玛丽说，放下心来，诧异地笑着，“先前我都不敢肯定她到底会不会离开。希望等她出去时，伊拉斯谟斯已经转过街角了。”

“我也要走了，”约翰尼说，“我四点钟有个病人。”

他同大家道别，吻了玛丽，搂抱了两个男孩，答应会给帕特里克打电话。

突然就只剩下家人了，除了女招待之外，她在收拾酒杯，把没开过的酒瓶放回角落里一个纸箱中。

帕特里克感到熟悉的混合亲密感和失落感，在一起，同时知道他们要分开。

“你同我们一起回家吗？”托马斯问。

“不，”帕特里克说，“我要去工作。”

“求你，”托马斯说，“我想要你像过去那样给我讲个故事。”

“我周末去看你们。”帕特里克说。

罗伯特站在一旁，比弟弟知道得多一点，但还不足以理解。

“如果你愿意的话，可以来同我们一起吃晚饭。”玛丽说。

帕特里克想接受，又想拒绝，想独自待着，又想有人陪，想亲近玛丽，又想离开她，想要那个可爱的女招待认为他独自生活，又想要他的孩子觉得他们属于一个和谐的家庭。

“我觉得我还是……回去休息，”他说，被各种矛盾念头的碎片所淹没，注定会后悔任何一种选择，“今天有点累。”

“如果你改变主意的话，也没关系的。”玛丽说。

“实际上，”托马斯说，“你应该改变主意，因为主意就是用来改变的！”

第十四章

他疲倦地回到他的一居室，那是一间阁楼改造的，位于肯辛顿区一幢维多利亚时代狭窄建筑的五楼，有着倾斜的墙壁。帕特里克似乎随着进化史而倒退，每爬一段楼梯腰就弯得更低一点，直到指关节碰上了顶层楼梯口的地毯，像非洲草原上还没学会站直的原始人，只是偶尔从安全的树上紧张地跳下来活动一下。

“操。”他嘟囔着，喘了一口气，抬起身来去够钥匙孔。

不可能邀请那位可爱的女招待回到他的茅屋子里来，虽然她的电话号码就妥妥地藏在他的口袋里，靠着他不安地跳动的心脏。她太年轻了，无法摆脱一位中年男人的尸体，他死于试图为让她费力爬上他这不体面的寓所而寻找合理的借口。帕特里克倒在床上，抱着一个枕头，想象着枕头疲倦的羽毛和发黄的枕套变成了她光滑的脖颈。新近有人死亡是一种催情剂；对有人抚慰自己的诱人的渴望：这一切都那么熟悉，但是他冷酷地提醒自己他还是回到了这个不像样的家，现在他终于独自待着了，为了不让别人抚慰自己。这间寓所，一个非单身汉的单身汉公寓，一个非学生的学生宿舍，满足他操练无可抚慰的愿望是再好不过了。一辈子在依赖他人和自力更生之间，家和冒险之间的冲突只能靠随处为家，靠学会公平看待每种情绪和事件的妄自尊大来解决。他还有段路要走。他哪怕用完了最喜欢的沐浴油，都会觉得要拿把大锤子去砸烂浴缸，乞求医生给他开一些安定。

然而，他躺在床上，想着自己是有多大的决心：一把印第安战斧在林中呼啸，落在目标上，一道原子弹爆炸的亮光冲散了方圆几英里内的一大圈云。他呻吟一声，慢慢从床上爬起，坐进壁炉旁的黑色手扶椅里。通过公寓另一头的窗户，他可以看见山坡上倾斜的成排石板瓦屋顶，旋转的烟囱出风口在夕阳中闪烁，远处是霍兰德公园的树木，树叶还太小，缩成一团，无法染绿树枝。在他给女招待打电话之前——他拿出纸条，发现她叫海伦——在他给玛丽打电话之前，在他走出家门吃一顿起到镇静作用的长时间晚餐，在黯淡的灯光下，在令人发狂的音乐声中，尝试读一本严肃的书之前，在他假装有必要跟上时事，打开电视新闻节目之前，在他租借一部暴力电影或者因为根本没脸给海伦打电话只好在浴缸里打飞机之前，他要在这张椅子上坐一会儿，对这一天的种种压力和迹象表示一点尊重。

他究竟是在悲悼什么呢？不是他母亲的死亡——那主要还是一种解脱。不是她的生命，多年前当她开始逐渐失智时，他就为她所受的折磨和痛苦悲悼过了。也不是他与她的关系，他早就将这一点视为对他人格的影响，而非与另一个人的互动。他今天感到的压力有点像处于婴儿期，是种远比他同父亲的危险关系更加深沉和无助的东西。虽然混杂有父亲的狂怒和手术刀，母亲的疲倦和酗酒，这种体验不能被描述为一种虚饰或者一整套关系，但却作为无法言传的深层内核存在着。对于一个试图用说话来对付他想到和感觉到的一切事情的人而言，结果发现有某种巨大的事情他根本就没有提到过，那是很惊讶的。或许这就是他与他母亲实际上的共同之处，一种无法言传的内核，在她是因为疾病而得到放大，但是在他的情形中却是一直隐藏着，直到他听到她的死讯。这好似在一间陌生房间里的相撞；他在摸索着绕过某件熄灯时忘记了在那儿的东西。“悲悼”并非形容这种经历的词。他既感到惊恐又感到激动。在失去父母的境地，或许他能够将他被抚养长大的条件作用理解为一种单一的事实，对其渊源没有更多的兴趣，并非因为历史性视角不真实，而是因为它已经遭到抛弃。别人也可能会在父母去世之前达到这种和解，但是他自己的父母是如此巨大的障碍，他必须在最确确实实的意义上摆脱他们才能够想象自己的人格变成他想要的那种透明的媒介。

按照自由意志生活总令他觉得是非分之想。一切都以从前发生的事情为条件，甚至他对某种程度自由的热望也要以他早年生活缺乏自由为条件。或许只有某种伪自由是可能的：接受因果关系不可避免的展开，至少是摆脱了妄想。事实是，他并不真知道。总之，他必须从意识到自己不自由的程度开始，安稳地置身于这种他现在至少在拥抱的不可言传的内核，以一种慈悲的恐惧来看待它。他大部分时间都花在对他被抚养长大的条件作用作出反应，几乎没有留下什么余地来对生活的其他作出回应。不对任何事情作出反应，但对一切作出回应，那会怎么样呢？至少他可以略微朝这个方向走一点。正如他曾经试图告诉无动于衷的朱莉娅那样，他比任何时候都不为最后审判或结论所打动。很久以来他都受到消极无能力的折磨，这是著名的济慈品性的反面[1]，济慈崇尚置身于神秘、不确定和疑惑之中，不去竭力获取真相和解释——或者无论确切的用词是什么——但是现在他准备对不一定能回答的问题保持开放心态，不去匆忙找寻自己拒绝质疑的答案。或许只有当他将世界作为

1 “消极无能力”原文为 Negative Incapability，是作者杜撰的，对应十九世纪浪漫派诗人济慈的 negative capability，意为艺术家感受美和神秘事物，而不一定要追求真相的能力。

一个问题来体验时，才能对一切事情做出回应，而过去或许正是因为他以为其性质是固定的才持续对它作出反应。

帕特里克身边小桌上的电话铃响了，他从沉思中醒过来，盯着它看了一会儿，好似从来没见过电话似的。他犹豫着，最后还是赶在应答机开始说话之前拿起了电话。

“喂。”他疲倦地说。

“是我，安妮特。”

“哦，嗨。你好。尼古拉斯怎样了？”

“恐怕我有可怕的消息，”安妮特说，“尼古拉斯没有挺过来。我非常遗憾，帕特里克，我知道他是你们家的老朋友。实际上他在救护车里就停止了呼吸。我们到了医院后他们试着让他苏醒，但是没法让他活过来。我觉得那些电极和肾上腺素好吓人，当一个灵魂准备离开时，我们还是应该让它好好地去。”

“那种办法很难找到合法的解释，”帕特里克说，“医生必须假装他们认为值得挽留更多的生命。”

“你可能是对的，合法的，”安妮特叹了口气，“总之，这对你来说肯定太过分了，竟然是在你母亲葬礼的日子。”

“我好多年没见过尼古拉斯了，”帕特里克说，“我觉得我见过他身体最棒的时候，也算是幸运的。”

“噢，他是个了不起的人，”安妮特说，“我从来没见过像他这样的人。”

“他与众不同，”帕特里克说，“至少我希望如此。如果发现一村子的人都是尼古拉斯·普拉特的话，那也相当吓人。总而言之，安妮特，”帕特里克继续说着，意识到自己的语气不大符合眼下的情景，“你能陪他去太好了。他在死的时候有个发自内心向善的人陪着，很幸运。”

“噢，你让我哭了。”安妮特说。

“谢谢你在葬礼上的发言。你让我想到埃莉诺虽然不是个完美的母亲，却是个好人。从别人的眼光来看她，而不是用我自己一直深陷其中的眼光来看她，是有好处的。”

“不客气。你知道我爱她。”

“我知道，谢谢你。”帕特里克又说了一次。

他们结束了谈话，允诺很快再聊，知道不大可能兑现诺言。安妮特第二天要飞回法国，帕特里克肯定不会往圣纳泽尔给她打电话。但是他说再见时心里还是有一种奇怪的欢喜。难道他真会认为埃莉诺是个善良的人吗？他感到是她令善良的意义成为问题的核心——他因此而心怀感激。

帕特里克思索着尼古拉斯去世的消息。他想象着他的模样，在六十年代，身穿费希先生衬衫，在圣纳泽尔的悬铃木树下，毒汁四溅地高谈阔论。他想象自己还是当时那个小男孩，满心愤怒狂乱，却表现得勇敢无比，只是果断地拒绝了一次，就终于阻止了父亲的虐待。他知道如果自己想要理解侵入他的混乱，就必须摒弃那个脆弱的英雄形象的庇护，正如他已经摒弃了有母亲的庇护这个幻觉，承认父母亲既是敌对的双方，也是同谋者。

帕特里克在扶手椅里坐得更靠后一点，思索着这些事情自己究竟能够忍受多少。他究竟准备多么不接受宽慰？他用一个坐垫盖着肚子，好似怕有人会打他。他想要离开，去喝一杯，从窗口跳出去，一头栽进自己的血泊中，立刻永远停止感觉任何事情，但他还是控制住了恐惧，再次坐直了身体，让坐垫掉在地上。

也许无论他觉得无法忍耐的是什么，其实都部分或者完全由他觉得无法忍耐的想法构成。他并不真的知道，但是他要去找出来，所以他敞开自己，去接受他以为自己一辈子都在试图避免的彻底无助和魂不守舍，等待它来撕裂自己。结果与他的期待不同。他感到的不是无助，而是既无助，也有对无助的同情。两者紧紧相随，好似本能地伸出手去抚摸被砸伤的小腿胫骨，或者舒缓疼痛的肩膀。毕竟他已经不是婴儿了，而是一个成年人在体验婴儿时期的混乱涌上自己有意识的心灵。随着同情心的扩展，他看见自己与他所谓的迫害者处于对等地位，看见貌似他痛苦之源的父母，也曾经是不幸的孩子，有着貌似他们痛苦之源的父母亲：没有谁可以责备，每个人都需要帮助，那些貌似最应该受到责备的人最需要帮助。一时间他与事物本身的纯粹必然性处于同一水平，那是心理体验之摩天大厦赖以构建的事件的道地基础，随着他想象不要如此从个人角度看待自己的生活，无可言状那沉重而难以捉摸的黑暗变成了一种彻底透明的沉默，他在这种清澈透明中看见了自由的余地、反应的暂停。

帕特里克又在扶手椅上坐得更靠后一些，在这幅前景面前伸展自己。他意识到眼泪淌下面颊，变凉了。泪水冲洗过的眼睛，疲倦空虚的感觉。这就是人们所说的安宁吗？应该比这更多，但他不能算是专家。他突然想要见到孩子们，真正的孩子们，而不是他们祖先童年的鬼魅，是拥有享受生活机会的真正的孩子。他拿起电话，拨了玛丽的号码。他改了主意，毕竟托马斯说过主意就是用来改变的。

Edward St Aubyn
AT LAST

图字:09-2018-1302号

图书在版编目(CIP)数据

终于/(英)爱德华·圣奥宾(Edward St Aubyn)著;冯洁音译. —上海:上海译文出版社,2020.7
书名原文:At Last
ISBN 978-7-5327-8383-0

Ⅰ.①终… Ⅱ.①爱…②冯… Ⅲ.①长篇小说—英国—现代 Ⅳ.①I561.45

中国版本图书馆CIP数据核字(2020)第103043号

终于
[英]爱德华·圣奥宾 著 冯洁音 译
责任编辑/顾真 装帧设计/山川制本

上海译文出版社有限公司出版、发行
网址:www.yiwen.com.cn
200001 上海福建中路193号
杭州宏雅印刷有限公司印刷

开本 787×1092 1/32 印张 8.25 插页 5 字数 96,000
2020年8月第1版 2020年8月第1次印刷
印数:0,001—6,000册

ISBN 978-7-5327-8383-0/I·5141
定价:58.00元